講談社文庫

怪談飯屋古狸

輪渡颯介

講談社

目次

『怪談飯屋古狸』——おもな登場人物

虎太《とらた》　一膳飯屋《いちぜんめしや》、菓子屋、蕎麦屋《そばや》と三軒が並ぶ「古狸《ふるだぬき》」に吸い寄せられた貧乏な若者。怖い話が苦手で、惚《ほ》れっぽく、酒ぐせが悪いらしい。古狸では鴫焼《しぎやき》が好物。

お悌《てい》　怪談好きな古狸の看板娘。小柄で愛嬌《あいきょう》がある。虎太に一目惚れされる。

義一郎《ぎいちろう》　古狸の長男で一膳飯屋の店主。大柄で髭面《ひげづら》。虎太に言わせると「熊」。

礼二郎《れいじろう》　次男で蕎麦屋の店主。ひょろりとした痩《や》せ男。虎太に言わせると「狐《きつね》」。

智三郎《ちさぶろう》　末っ子で昼間は別の菓子屋で修業中。無愛想。虎太に言わせると「鼠《ねずみ》」。

お孝《こう》　古狸の四人きょうだいの母親。

治平《じへい》　古狸の常連。古狸一家の事情に詳《くわ》しい。虎太に言わせると「亀爺《かめじい》」。

佐吉《さきち》　古狸の常連。下駄《げた》の歯直しをしている。

千村新兵衛《ちむらしんべえ》　着流し姿の二本差し。団子《だんご》好きらしい。謎《なぞ》の侍。

友助《ともすけ》　屋根屋。餓鬼《がき》の頃から面倒見がよく、年下の虎太のことを心配する。

お房《ふさ》　荒井町《あらいちょう》の三軒長屋に住んでいたが、二十四、五の頃、雪の中で刺殺されてしまう。

おその　十七の時、三味線《しやみせん》師匠の見送りの帰りに姿を消した。大松《おおまつ》長屋に両親が残る。

おりん　離縁されて大松長屋に戻ってきたが、水茶屋の仕事帰りに姿を消した。

怪談飯屋古狸《かいだんめしやふるだぬき》

死神の棲《す》む家

一

三軒並んだ食い物屋の前で虎太《とらた》は悩んでいた。

左側の店は一膳飯屋《いちぜんめしや》だ。太い字でそう書かれた行灯《あんどん》看板が店の前に出ている。

梅雨《つゆ》時ではあるが、ちょうど今は雨が上がっている。蒸すので表の戸を取り払ってあり、店の中が見通せた。昼下がりのことで客の数は少ない。それでも行商人らしき男が二、三人、小上がりの座敷《ざしき》で飯を搔《か》き込んでいるのが見える。美味《うま》そうだ。

虎太は、ぐぅ、と鳴る腹を手で押さえながら壁にある貼り紙に目をやった。一際《ひときわ》大きな紙に書かれているのは「一人前二十四文」の字だ。その横に、煮物や田楽《でんがく》といった一品ごとの品書きが並んでいる。こちらは八文で食えるらしい。

ふむ、と頷《うなず》いてから、虎太は一膳飯屋の隣の、三軒の真ん中にある店に目を移した。そこは菓子屋だった。饅頭《まんじゅう》や大福餅《だいふくもち》などが売られているが、店の土間の隅に縁台が置かれ、座って団子を食えるようにもなっているらしい。

最後に右側の店へ目を向けた。ここは蕎麦屋《そばや》だ。やはり風を通すために表戸が開いているが、虎太のいる場所からだと中までは見えなかった。しかし相場通りなら、一番安い「蕎麦切り」や「ぶっかけ」は十六文だ。海苔《のり》を散らした「花巻」、貝柱を載せた「あられ」、卵焼きや蒲鉾《かまぼこ》などを載せた「しっぽく」、芝海老《しばえび》を入れた「天婦羅《てんぷら》蕎麦」といった種物《たねもの》でも二十四文から三十二文といったところだろう。

――ううむ、腹は減っているが……迷うよなぁ。

再び鳴った腹をさすりながら、今にも雨が降り出しそうな曇り空を見上げて顔をしかめた。

虎太は元来、これほど物事に悩む人間ではない。それどころか気が短い方だ。喧嘩《けんか》っ早いとも言える。後先のことはあまり考えない。そして、それゆえに奉公先を追い出されていた。

ふた月前まで、虎太は檜物師《ひものし》になるべく、深川伊勢崎町《ふかがわいせざきちょう》にある店で修業していた。しかし作った品物を卸していた取引先の若旦那と揉《も》め事《ごと》を起こしてしまったのだ。

決して悔いはない。なぜならその若旦那……いや馬鹿旦那が、店の裏にある長屋に住んでいたまだ十にもならない女の子に、けしからん悪戯《いたずら》をしようとしたからである。

ちょうど虎太が店の裏に檜《ひのき》の板を取りに行った時だった。さっきまで店で親方と仕事の話をしていた馬鹿旦那が、裏長屋の奥の方へ歩いていくのが板塀《いたべい》の破れ目から見えたのだ。

馬鹿旦那は女の子の手を引いていた。どうしたのだろうと眺めていると、そのまま長屋の建物の裏側の狭い隙間《すきま》へと入っていった。馬鹿旦那の横顔には下卑《げび》た笑みが浮かんでいた。

これは様子がおかしいぞ、と虎太は追いかけていってその隙間を覗《のぞ》いた。すると馬鹿旦那が女の子を壁に押し付けるように立たせ、自らはその前にしゃがみ込んでいた。そして女の子の着物の裾《すそ》を割って、その奥へと手を差し込んだのである。

そこで虎太は、何してやがるこの野郎、と馬鹿旦那を横から蹴り付け、広い所へ引きずり出して顔の形が変わるまで殴り、仕上げに近くを流れている仙台堀《せんだいぼり》へと放り込んでやった。それだけの話だ。特にどうということはない。

ただ、運の悪いことに虎太が悶着《もんちゃく》を起こすのはそれが初めてではなかった。まだ修業を始めたばかりの十一、二歳の頃、虎太のことをやたらと馬鹿にする兄弟子に腹を立て、そいつが寝ている時に顔へ小便をかけたことがあった。それからこれは十七、八の頃のことだが、三十近くになるのに碌《ろく》に働かずにぶらぶらしていた裏長屋の大家の倅《せがれ》が、野良犬を縄で木に括《くく》りつけて棒切れで殴ったり石を投げつけたりするというとても面白そうな遊びをしていたので、その倅を木に縛りつけて同じ目に遭わせてやったこともある。さすがに石ではまずいと思い、ぶつけるのは犬の糞《ふん》に替えたが、それでも結構な騒ぎになった。

その他にも、店に流れてきたいけ好かない渡りの職人と喧嘩したり、こちらの足元を見て値切ってくる商人の頭へ水をぶっ掛けてやったりなど、取るに足らない揉め事も星の数ほど起こしていた。それで修業先の親方に、「もしまた何かしでかしたら店から出ていく」という約束をさせられてしまったのだ。馬鹿旦那の件はそのすぐ後のことだった。

この件は虎太に非があるわけではない。だから出ていくことはないと周りの者に引き留められた。親方も、今回は見逃そうと考えていたようだ。しかし約束は約束だからと虎太の方から申し出て「追い出されてきた」のである。

行く先や次の働き場に当てがあるわけではなかった。そこで仕方なく虎太は、ひと月わずか三百文という安くて狭くて汚い裏長屋を見つけて移り住み、口入れ屋に顔を出して日傭《ひようと》取りの仕事で糊口《ここう》をしのぐという暮らしを始めたのだった。

しかし見つかる仕事は普請《ふしん》場の手伝いなど、どれも体を使うものばかりだった。畚《もっこ》を担いで土や石を運ぶような力仕事だ。しかもそれが一日中続く。

それまで虎太が作っていた檜物とは、柄杓《ひしゃく》や飯櫃《めしびつ》、蒸籠《せいろう》などの器のことだ。曲物《わげもの》とも言う。薄く削った檜や杉を丸く曲げ、桜の皮で縫いとめて作る。もちろん板を運ぶなど力を使うこともあるが、ずっとそればかりをしているわけではない。だから、慣れない力仕事に虎太の体は、あっという間に音を上げてしまった。

ちょうど折よく梅雨の時季に入って日傭取りの仕事が少なくなったこともあり、虎太はここ数日、稼ぎに出るのを休んで長屋の自分の部屋で過ごしていた。そして気づくと、今月分の店賃《たなちん》の支払いも怪しくなるほど懐具合が寒いものになっていたのである。

ここに至ってようやく虎太は、己の浅はかさを悔いた。自分はまだ二十《はたち》だから、働き先などいくらでも見つかるだろうと高を括っていたのだ。しかし、そう甘くはなかった。実際はその日暮らしで、体を壊したり雨が続いたりしたらすぐに干上がってしまう。

よく考えてみれば、あと数年だけ我慢すれば修業も済んで御礼《おれい》奉公まで終え、檜物職人として独り立ちできるところだったのだ。それをあんな馬鹿旦那のために、ふいにしてしまった。まったく俺は間抜けだ。極めつけの阿呆《あほう》に違いない。虎太は心からそう思った。

だがそうかと言って、親方に頭を下げて元の仕事場に戻る気はなかった。見栄《みえ》というものがある。さすがにそんな格好悪いことはできない。また、故郷に戻るのもきまりが悪かった。他のやり方で今を切り抜ける手を考えなければならない。

明日からまた口入れ屋へ通うつもりだが、日雇いの力仕事は雨で流れることもある。そこで念のため、虎太は知り合いに銭を借りようと家を出た。行く先は同郷の友《とも》助《すけ》という男の所だ。虎太より幾つか年上で、先に故郷から江戸に出てきている。餓鬼《がき》の頃から兄貴分というか、近隣の子供たちのまとめ役のようになっていた男だから、頼み込めば銭を貸してくれるに違いないと考えてのことだった。

ところが虎太は、友助は浅草《あさくさ》の福井町《ふくいちょう》の辺りに住んでいるとしか知らなかったので、道に迷ってしまった。何度も同じ所を行き来しているうちに、今いる三軒並んだ食い物屋の前に行き着いた、というわけである。

――二十四文はちょっと厳しいかな。

曇り空から一膳飯屋へと目を移した虎太は、力なく首を振った。それくらいの持ち合わせはあるが、ここは我慢しなければならない。必ずしも友助から銭が借りられるとは限らないからだ。朝から何も食っていないので何か腹に入れたいが、なるべく銭は使いたくない。

——そうなると、団子で決まりだな。

虎太は三軒の真ん中にある菓子屋へ目を向けた。壁の貼り紙を見る。団子は四文のようだ。多分、茶も出てくるだろう。どうせ出涸《でが》らしだろうが、多少は腹に溜まる。

よし、そうしようと決め、虎太は菓子屋へ歩き出そうとした。ちょうどその時、隣の蕎麦屋から年寄りが出てきた。楊枝《ようじ》を手にしているところを見ると蕎麦を食った客だろう。近所のご隠居さんといった風情《ふぜい》だ。

「ああ、美味かった。また来るからね」

年寄りは通りへ出ると振り返り、蕎麦屋の中へ向けてそう声を掛けた。

「はい、お待ちしております」

店の中から返事があり、続けて若い娘が見送りに出てきた。年の頃は十七、八か。小柄で色白、やや丸顔なので世間で言うところの「美人」とは少し違うが、それでも可愛《かわい》らしい笑顔を持った、とにかく愛嬌《あいきょう》に満ち溢《あふ》れた娘であった。

――う、うおぉ。

その娘を見た途端、虎太の頭の中にだけ梅雨の晴れ間が広がった。雲がさっと散ってお天道様《てんとさま》が顔を覗かせ、蕎麦屋の娘を照らし出す。

天女だ、と虎太は思った。天女がこんな俺の前に姿を現してくださった。

ただ残念なことに虎太は天女のことをよく知らなかったので、頭に浮かんだのは竜宮城の乙姫様《おとひめさま》だった。客の年寄りは亀へと変わる。笛や太鼓の音色が耳の中で鳴り響き、娘の周りで貝柱や芝海老の天婦羅が舞い踊り始めた。鯛《たい》や鮃《ひらめ》じゃないのは蕎麦屋の前だからだ。

「とっておきの話があるんだよ。今日はこの後に用があるので蕎麦でささっと腹ごしらえをしただけだが、明日じっくりお悌《てい》ちゃんに聞かせてやるからね」

年寄りが娘に話しかけた。お蔭《かげ》で乙姫様の名が分かった。でかした亀爺《かめじい》、と虎太は胸のうちで褒《ほ》めたたえた。

「しかも話は二つある」

「まあ、楽しみだわ」

お悌はほほ笑みながら胸の前で手を組み合わせた。それだけのことが、虎太にはこの上なく可愛らしい仕草に見えた。

「できれば今すぐにも聞きたいけれど……」

「おお、そうかね。お悌ちゃんにそう言われたら仕方がない。なに、大した用事じゃないから早めに切り上げても構わないかな。ああ、でも……」

亀爺は考え込むように腕を組んだ。お悌は軽く小首を傾《かし》げながら返事を待っている。その様子も、とてつもなく可愛らしい。

虎太が見惚《みと》れていると、お悌の目がくりっと動いた。虎太を見て「あら」とほほ笑む。

「いらっしゃいませ」

「え……あ、ああ、いや……」

どうやら蕎麦屋に入ろうとしている客だと思ったらしい。虎太がまごついていると、亀爺もこちらを振り向いた。

「おや、ここらでは見かけない若者だね」

穏やかな口調だが、そのわりに亀爺は虎太の顔をじろじろと見つめている。こちらを訝《いぶか》しんでいるような気配が窺《うかが》えた。

亀爺はともかく、お悌ちゃんにまで怪しい人と思われるのは嫌だ。そう思った虎太は慌てて頬《ほお》をきりりと引き締めた。銭を借りに行くのだからと無精髭《ぶしょうひげ》を剃《そ》り、こざっぱりとした格好で来たのは幸いだった。

「いえね、この辺りに住んでいる屋根屋の友助さんって人を訪ねて参ったのですが、ちょいと迷ってしまいまして。それで、道を訊《たず》ねるついでに腹ごしらえでもしようかと思っておりましたら……」

喋《しゃべ》りながら虎太はちらりと菓子屋の奥を覗き見た。「昔はそれなりに美人だったが、今ではすっかり貫禄《かんろく》がついてしまいました」といった風情の、四十過ぎくらいの年格好のおかみさんが店番をしていた。やはりこちらがいい、とすぐに目をお悌へ移す。

「……ちょうど蕎麦屋があったので入ろうとしたところでしてね。私は蕎麦が好きなものですから」

「ふうん。そうかい」

亀爺はまだどこか怪しんでいるような目を虎太に向けていたが、しばらくすると突然にやりと笑い、それから道の先を指差した。

「屋根屋の友助さんならこの先の三十軒店に住んでいるよ。ここをずっと歩いていくと風呂屋がある。その脇の狭い路地を進んだ先だ。大家が見栄を張って三十軒店と名付けたが、実は十軒しかないという長屋だから、通り過ぎないように気を付けなさい」

「これはどうもご親切に」

「昼間は仕事に出ているから、今はまだ友助さんはいないだろう。蕎麦でも食ってのんびりしていけばいい。それじゃお悌ちゃん、急いで用事を切り上げて、また来るからね」

亀爺はお悌に向かって手を振ってから歩き出した。お悌がその背中に向かって頭を下げる。

こんな所にこんな娘がいるなんて、たまには道に迷うのも悪くはないものだ、などと思いながら眺めていると、顔を上げたお悌はそんな虎太の方を見てほほ笑み、くるりと振り向いて蕎麦屋の中へ戻っていった。

「お客様ですよぉ」

店の奥へと向けられたお悌の声が響く。まるで鈴の音のようだ。その声に誘われるように、虎太はふらふらと蕎麦屋の中へ足を踏み入れた。

壁に貼られた品書きが目に飛び込んでくる。代金は思っていた通りだった。蕎麦切りとぶっかけが十六文で、種物が二十四文だ。天婦羅蕎麦だけは三十二文する。その他に「上酒四十文」という文字も見えた。

――ううむ、そう言えば貧乏だったんだよな、俺……。

お代を見て、虎太の頭は冷静になった。ここで下手に使ってしまうとまずい。もし友助から銭を借りられなかったら、そして雨が続いたりして日雇いの仕事も見つからなかったら、明日からしばらく水だけで過ごすことになってしまう。そうしないと店賃が支払えない。

ここは一番安い蕎麦切りだな。この後、友助さんと飲みに行く約束があるからとか何とか言い訳すれば、少しは格好がつく。

「何になさいますか？」

お悌がいつの間にか虎太のすぐ横に立っていた。小柄なので、上目遣いで虎太を見ている。その顔を見た途端、虎太の冷静さは吹き飛んだ。

「あ……天婦羅蕎麦を」

一番高い物を注文してしまった。

「はい、天婦羅蕎麦ですね。お酒もいかがですか？」

「う、うむ……」

四十文はさすがに苦しい。だが、今この店には虎太の他に客はいない。そうなると、もしかしたらこのお悌が付きっきりで酌をしてくれるなんてことが……。

「……酒も貰《もら》おうかな」

「ありがとうございます」

お悌はまたにっこりとほほ笑むと、店の奥へと消えていった。天婦羅蕎麦と酒の注文を通している。店主らしき男の返事も混じっているが、そんなものは虎太の耳に入らなかった。心地よいお悌の声だけをうっとりと聞きながら、小上がりへ上がるべく履物を脱ぐ。

だが、座敷へと片足を持ち上げたところで虎太の動きは止まった。注文を通した後に店主に告げたお悌の言葉が耳に届いたからだった。

「お客様も減ったたし、こっちはもう手伝わなくても平気でしょう。あたしはあっちに戻るわね」

虎太はそのままの姿勢で奥の方を振り返った。あっちとは、どっちのことだ？

「おう、分かった。ご苦労さん。後は俺がお客の相手をするから」

店主の声も虎太の耳に入った。いや、あんたじゃなくてお悌ちゃんに相手をしてもらいたいのですが……と思っていると、奥から店主が出てきた。お悌の姿はない。

「へい、いらっしゃい」

店主は呆然《ぼうぜん》としている虎太を尻目に、酒の載った膳を座敷に置いた。

案外と若い男だ。痩身で背がひょろりと高い。腕っぷしはさほど強そうには見えないが、目付きが鋭いので少し怖い感じだった。どことなく、狐《きつね》に似ているような気がした。

「先に酒をのんびりやっていてくれ」

「は、はあ……」

虎太は戸惑いながらも必死に頭を巡らせて、お悌の行った先を考えてみた。常に蕎麦屋で働いているというわけではないらしい。そしてここを通らずに姿を消したということは、裏口から出ていったということになる。そうなると多分……。

――しくじった。あれは隣の娘だったんだ。

きっと菓子屋の看板娘だ。いつもは団子を売っているけど、暇な時はこちらの手伝いもしているに違いない。

それならわざわざ蕎麦なんか食いに入るんじゃなかった。初めに考えた通り、団子で済ませればよかったんだ。そうすれば余計な散財はせずに……。

虎太は我に返った。注文を取り消さねばならない。

店の奥へ向かっていく狐店主の背中に慌てて声を掛ける。

「あの、天婦羅蕎麦は……」

「これから作るからちょっと待ってくれな」

「いや、それは……」

「天婦羅は向こうの飯屋で揚げるんだ。しばらく一人にしちまうから、店番は頼んだぞ」

「は？」

狐店主は素早く奥に消えた。すぐ後に、裏口から出ていく気配もあった。

——ええ？

なんだこの蕎麦屋は。いやそれより、このままでは俺の店賃が……。

呆然としながら虎太は座敷に置かれた酒の載った膳を見た。これはこれで美味そうだ。仕方ない、いざとなったら大家に頭を下げて店賃の支払いを待ってもらおう、と虎太は思った。

二

夜の五つ半頃、虎太はほっとしながら暗い通りを歩いていた。

多少の説教は食らったが、友助から当座の銭を借りることができた。まだ苦しい暮らしが続くことには変わりがないが、少なくとも店賃の目処《めど》は立った。

——梅雨が明けるまでは辛抱だな。

その時季が過ぎれば日傭取りの仕事も増えるだろう。頑張って続けていれば体の方も慣れてくるに違いない。それまでは、酒などで余計な銭を使うのは控えるぞ……と心に刻み込みながら歩いていると、ちょうど道の先に赤提灯《あかちょうちん》が見えた。

たった今、胸に誓ったばかりだ。入るつもりはなかった。しかし進んでいくと、その店は昼間見たあの三軒並んだ食い物屋の左端の一膳飯屋だった。立ち止まって店を眺める。昼間でも酒は飲めるのだろうが主に飯を食わせ、夜になると酒の方に重きを置く店になるようだ。

——まあ、どこの飯屋もだいたいそうだけどな。

今の俺には用のない店だ、と思いながら隣の菓子屋へ目を移した。もう店の表戸は閉じられて明かりが消えている。さらにその隣の蕎麦屋を見ると、明かりこそ点《つ》いていたが暖簾《のれん》は下ろされていた。店仕舞いをした後らしい。きっと中で片付けをしているのだろう。

虎太は二階を見上げた。一階が店で、二階で寝起きするという造りになっているが、三軒のどの部屋の障子窓にも明かりは見えなかった。

――お悌ちゃんはもう寝ちまったかな。

しばらく贅沢《ぜいたく》はできないが、団子くらいなら食いに来ても構うまい。今日は騙《だま》されて蕎麦屋で思わぬ銭を使ってしまったが、もう分かったから平気だ。

明日にでも来たいところだが、あまり間を置かずに顔を出すとお悌ちゃんに下心を見透かされて嫌われてしまう、なんてことになるかもしれない。二、三日空けてから来た方がいいかな、と考えながら、虎太は再び歩き出そうと足を上げた。

その時、飯屋の戸が開いて、中から酔客が二人現れた。片方はすっかり出来上がっていて、それをもう片方が支えるような感じで立っている。しかし肩を貸している方もかなり足元が覚束《おぼつか》ない様子だ。

「ごちそうさぁん」

多少まともな方が店の中に向かって大声を張り上げた。続けてもう一人の出来上がっている方が、「ふまかったほぉ」と気の抜けたような声を発した。多分、「美味かったよ」と告げたのだろう。上機嫌なのは分かるが、あそこまで酔っ払いたくはないな、と虎太は首を振って歩き出した。

そのまま店の前を通り過ぎる。二人の酔客が「また来るよぉ」と揃《そろ》って言うのが背後から聞こえた。

店の中から「気を付けて帰ってくださいねぇ」と返事があった。その声を耳にした虎太は足を止めた。

――何だ今の声は。まるで鈴の音のようじゃないか……。

虎太は振り返った。向こうへふらふらと歩いていく酔っ払いたちの背中が見えた。そして店には、酔客が開けた戸を閉めようとしている若い娘が……。

「あっ」

思わず声が漏れる。

娘は虎太の出した声に気づいたようで、こちらへと目を向けた。暗いので初めは分からなかったようだが、やがてにっこりとほほ笑む。

「あら、昼間のお兄さん」

お悌だった。

「……あっちって、こっちだったのか」

「は？」

「ああ、いや……」

「友助さんのおうちは分かりましたか？」

虎太はかくかくと頷いた。自分の顔を覚えていてくれたことだけでも嬉《うれ》しいのに、友助を訪ねてきたことまでちゃんと頭に残っている。天にも昇りそうな気分だ。

「寄っていかれますか？」

お悌は閉めかけていた戸を大きく開けて、虎太を見ながら小首を傾げた。

虎太は再びかくかくと頷いて、ふらふらと戸の方へ歩き出した。先ほど心に刻み込んだ誓いなど、あっという間に消え去った。

「お客様ですよぉ」

店の奥へ告げるお悌の心地よい声音《こわね》を聞きながら虎太は戸をくぐった。

「お肴《さかな》は何にいたしましょうか」

店に入るとすぐに、お悌が訊《き》いてきた。

「うちは田楽が自慢で、たいていのお客様はそれを頼みます。お豆腐が美味《おい》しいんだけど、今の時季だと鴫焼《しぎやき》の方がいいかしら」

鴫焼とは焼き茄子《なす》の田楽のことだ。確かに茄子はこれからが旬である。

「ああ、それを貰おうか」

虎太は頷いた。実は友助の所で晩飯を食わせてもらったのでまったく腹は減っていないが、お悌の勧めを断ることはできない。食う。そして飲む。がつがつ食ってぐいぐい飲む。それが男というものだ。

「ありがとうございます」

お悌はぺこりと頭を下げると店の奥へと向かった。素晴らしい娘だなぁと思いながら虎太は見送る。お悌の姿は奥に消えたが、注文を告げる声を聞こうと耳を澄ました。

「お酒と鴨焼を急いでね」

「おう」

「昼間、蕎麦屋の方に来た若い人だから。新しいお客様なんだから丁寧な挨拶《あいさつ》をしてね」

「うむ」

返事をする男のやけに野太い声が混じっているが、当然そんなものは虎太の耳に入らない。目を閉じ、お悌の声だけをうっとりしながら聞いている。

「それと、あたしはもう寝るから」

――は？

虎太は目を開け、店の奥の方を見た。すると掛かっていた暖簾を掻き分け、店主と思われる大柄で髭面《ひげづら》の男が出てきた。ぱっと見たところ、まるで熊みたいである。そしてよくよく眺めてみると……やっぱり熊だった。

「へい、いらっしゃい。一膳飯屋『古狸《ふるだぬき》』をどうぞこれからもごひいきに」

熊店主はそう言うと、虎太の肩の辺りをばしっと叩《たた》いた。どうやらこれが「丁寧な挨拶」というものらしい。

虎太が呆《あき》れていると、店の奥からもう一人、酒の載った膳を持った男が現れた。昼間見た顔だった。蕎麦屋の狐店主だ。

「へい、いらっしゃい。酒はここに置いとくよ」

狐店主は膳を座敷に置いた。それから、熊と狐は連れ立って店の奥へと消えていった。

虎太はますます呆れた。いったい誰がどの店の主《あるじ》なのだ？

いやそれよりも、熊とか狐とか、ここはどこの山の中だ？

いやいやそれよりも、お悌ちゃんはいったい……？

「お悌ちゃんはね、いつもこれくらいになると寝ちまうんだよ。来るならもう少し早い方が良かったな」

座敷の隅の方で声がした。そちらへ目を向けると、年寄りがちびちびと酒を舐《な》めていた。

「あ、あなたは昼間の……亀爺」

「誰が亀爺じゃ。どこから出てきた呼び名だ、それは……儂《わし》は治平《じへい》という者だよ。この近くの荒物屋の隠居だ。お前さん、いつまでも突っ立ってないで、こっちへ上がりなさい」

治平が手招きしたので虎太は座敷に上がった。先ほど狐店主が置いていった膳を持ってそばへ寄ると、治平は虎太の顔を見てにやりと笑った。

「お前さん、妙な店に迷い込んじまったと思っているじゃろう？」

「は、はあ……いや、そんなことは」

虎太は店の中を見回した。今ここにいるのは虎太と治平、そして二人とは反対側の隅に背中を丸めて座り、飯を掻き込んでいる虎太より若そうな男の三人だけである。

「ごく当たり前の一膳飯屋だと思いますよ。ただ……」

「お悌ちゃんがあちこちに顔を出したり、蕎麦屋の店主がこっちにいたりってことだろう。それはね、並んでいる三軒が兄弟でやっている店だからだよ。一膳飯屋と菓子屋、そして蕎麦屋。三軒とも屋号は古狸だ。昼間、菓子屋で店番をしているおかみさんを見たかもしれないが、あれが母親だよ。お孝《こう》さんという名だ」

「ああ、なるほど」

つまり、まったく似ていないが、あの熊と狐は兄弟ということになる。いや、似ていないと言うなら……。

「まさか、お悌ちゃんも」

「もちろんじゃ。髭面の大男が長男の義一郎《ぎいちろう》で、この一膳飯屋の店主だ。ひょろりとした痩せ男が次男の礼二郎《れいじろう》で、蕎麦屋の方をやっている。お悌ちゃんはその次に生まれた子だな。唯一の女の子で、三つの店を行ったり来たりしているよ。それから、真ん中の店で菓子を作っているのが、あの末っ子の智三郎《ちさぶろう》じゃ」

治平が顎《あご》をしゃくった。反対側の隅にいた若い男がこちらを見て、にこりともせずに軽く頭を下げた。随分《ずいぶん》と無愛想《ぶあいそう》だ。上の二人の兄と比べるといくらか小柄で、顔は義一郎より礼二郎の方に似ている。熊、狐と来て、こいつは鼠《ねずみ》かな、と虎太は思った。

「あの智三郎はまだ修業中の身でもある。だから昼間は別の菓子屋にも行っているんじゃや。その間はおかみさんが店番をしている。で、帰ってきてああして飯を食って寝る、と」

「ははあ、それは忙しい」

「元々は住み込みで修業していたんじゃがな。事情があって、半年ほど前に呼び戻された」

「へえ。いったいどういう事情で？」

そう訊ねると、治平がじろりと虎太を睨《にら》んだ。

「知りたいかね」

「はい、ぜひ」

お悌の家の事情だ。もちろん詳しく知りたい。

「それならまず、こちらの訊くことに答えてもらおう。お前さん……ええと、そもそもまだ名を訊いていなかったな」

「虎太です」

「ほう。なかなか立派な名を持っている。それにまずまずの男前だ。それだけに残念なのだが……虎太、お前は貧乏だろう」

「……は？」

いきなりそんなことを訊かれるとは思っていなかったので面食らった。お蔭で少し間が空いてしまったが、虎太は大きく首を振った。

「いやいや、銭ならちゃんとありますよ。ほら」

「どうせ屋根屋の友助さんに借りた銭だろうよ。儂はね、小僧の時から数えると五十年近く商いをしてきたんだ。一目見れば相手が文無しかどうか見分けはつく。それからね、虎太。お前さんは今日初めてお悌ちゃんに会ったと思うが……一目惚《ひとめぼ》れしたな」

「ななな、何をおっしゃいます。そんな馬鹿な。は、ははは」

虎太は笑って誤魔化《ごまか》そうとしたが、自分でもわざとらしいと思うような声しか出なかった。

「残念ながら虎太、これは儂のような年寄りじゃなく、そこら辺の子供にだって分かるよ。何とも分かりやすい。まるで顔に書いてあるかのようじゃ。それなのに無理やり誤魔化そうとするなんて、さては虎太、お前さん……阿呆じゃな」

「……はい」

「それはあっさり認めるのか」

治平の表情が緩《ゆる》んだ。

「妙なところは素直なんじゃな。それなら、俺は貧乏なのにお悌ちゃんに惚れた阿呆ですと、すべてひっくるめて認めるべきじゃ。そうすれば、お悌ちゃんの方はともかく、文無しでも腹を満たすやり方だけは教えてやる。実はな、この古狸は、あることをすれば飲み食いが無代《ただ》になるのじゃよ。そしてそれは、さっきお前さんが訊ねた事情というやつに繋《つな》がってもいるのじゃ」

「はあ……」

虎太は頭を捻《ひね》った。お悌ちゃんに惚れたことがこの治平にばれたのは不覚だったが、当人には知られていないようだからよしとしよう。貧乏な男にいきなり惚れられたって気味悪がられるだけだから、しばらくは隠しておきたい。暮らしを立て直しつつ、お悌ちゃんにじわじわと自分の良さを見せつけるのだ。だからお悌ちゃんにばれないよう、治平には後で口止めしておかなければならない。

それに、飲み食いが無代になるというやり方はぜひ聞いておきたい。いつまで貧乏が続くか分からないのだ。どうせお悌ちゃんに会うためにここへは通うつもりだから、それを知れば一挙両得である。

「……俺は貧乏なのにお悌ちゃんに惚れた阿呆です」

「うむ。よく言った。男は時に見栄を張ることも必要だが、あまり過ぎると身を滅ぼしかねないからね。それでは教えてやるから、明日の昼間もう一度この店に来るんだ」

「え……今ここで教えてくれるのでは？」

その日暮らしの身だし、明日は雨になりそうだから日雇いの仕事も見つけづらいだろう。ここに来るのは構わない。しかし、それだと今日の分の代金は払わねばならない。

「あの……すぐに知りたいのですが」

「残念ながら無理なんじゃよ。それなりの支度がいるのじゃ。昼間、蕎麦屋の前で儂とお悌ちゃんが喋っているのを耳にしただろう。あれがそうだ。つまり、お悌ちゃんを含めたこの店の者に、ある『お話』を聞かせてやることなんだよ」

確かに言っていた。治平は他に用があったのに、それを急いで切り上げてここに来ているはずだ。お悌ちゃんに「お話」を聞かせるために、

「どういう話をするのかは実際に聞いた方が分かりやすいと思ってね。それで明日、ここへ来てくれと言っているのじゃよ。儂は話を二つ用意してきたのだが、まだ一つしか終わっていないんじゃよ。もう一つは明日ということになったんじゃ」

「そうなると、今日は無代にならないというわけですか……」

虎太は肩を落とした。

「その様子だとかなり銭に困っているようじゃな。儂は一つ話をしたことで、今日の分の飲み食いは無代になっている。それをお前さんに譲ってやるよ。もちろん明日の分もな」

「えっ、本当ですか？」

「うむ。さすがに儂はお前さんより銭に困っていないからね。ただし……」

治平がまた睨むような目付きで虎太を見た。低い声音で脅すように言う。

「……逃げるんじゃないよ」

「そんな馬鹿な。間違いなく明日ここに来ます。何なら今夜は泊まっていってもいい」

「それは迷惑だから帰れ。それと、逃げるなというのは明日だけじゃなく、その後も含んでいるからね。お前さんのようにお悌ちゃんに惚れてここへ通い出した若い貧乏男が、この半年で三人はいたかな。しかしどれも長くは続かなかったよ。すぐに顔を出さなくなった。さて、お前さんはどうじゃろうな」

「俺は平気ですよ」

なぜ長く続かなかったのかは分からなかったが、虎太は自信を持って安請け合いした。後先のことなど考えてはいられない。大事なのはお悌のことを知ること、そして無代で飯にありつくことだ。

三

翌日、体中の痛みに耐えながら虎太は再び一膳飯屋古狸の前に立った。頭がずきずきするのは二日酔いである。支払いを治平が持つということになったので、昨夜は調子に乗って飲みすぎてしまったのだ。だからこの痛みは分かる。しかし、体のあちこちに痣《あざ》があり、顔まで少し腫《は》れているのは不思議だった。

飯を食い終わった智三郎が寝るために二階へ上がった後、蕎麦屋の片づけを終えた礼二郎が来て一緒に飲み始めた。他に客がいないので義一郎もそこに混じった。そこまではしっかりと覚えている。

そして次に虎太が気づいたのは、日本橋《にほんばし》の久松町《ひさまつちょう》にある自分の狭苦しい部屋の中だった。今朝のことだ。どうやってそこまで帰ったのかはまったく頭に残っていなかった。

——あんなに飲んだのは初めてだったからなぁ。

伊勢崎町の店にいた時にも親方や兄弟子に連れられて酒を飲みに出ることはあったが、修業中の身だからと遠慮していた。店を追い出されて貧乏暮らしを始めてからは、言うまでもなく酒などほとんど飲めなかった。だから、虎太は自分がとことんまで酔っ払った時にどうなるかを知らなかった。

――まあ、ちゃんと帰れたのだから大したことはしていないだろう。

気にすることはないな、と虎太は前向きに考えた。今日は朝から降ったり止《や》んだりの空模様で、昨日よりも少し肌寒いので古狸の戸は閉まっていた。それを勢いよく開ける。

「あら虎太さん、いらっしゃい」

さっそくお悌の声で迎えられた。しかも誰かに聞いたらしく、自分の名を呼んでくれた。これは嬉しい。

上機嫌で店の中を見回す。昼をかなり過ぎているので、飯を食っている客はいなかった。お悌と店主の義一郎、先に来て小上がりの座敷にいる治平だけだ。礼二郎は蕎麦屋の方に、母親のお孝は菓子屋の方に、そして智三郎は修業先にいるのだろう。

お悌の様子は昨日と変わらない。つまり、とてつもなく可愛らしい。しかし治平は妙ににやにやしている。それに店主の義一郎はむすっとしており、虎太の顔を見ると睨み付けてきた。この二人が気になった。

「ほほう、よく来たね」

にやにやとした笑いを崩さぬまま、治平が言った。虎太は大きく頷いた。

「もちろんですよ。昨日、逃げないと約束したはずだ」

「うむ。それはそうなのだが……」

治平は笑みを引っ込め、戸惑ったような表情を浮かべた。そして少し考えた後、お悌の方へと顔を向けた。

「ああ、お悌ちゃん。儂も虎太もゆうべは飲みすぎてしまったからね。さすがに今日は昼間から酒を飲む気にはなれない。だから饅頭か団子を持ってきてくれないかな。それと、熱いお茶を頼むよ。話を聞かせるのはそれを食いながらにしよう」

「はぁい」

お悌が店の奥へ向かっていく。裏口から隣の菓子屋へ回るようだ。鈴の音のような声も、去っていく後ろ姿も、とにかく何もかもが素晴らしいと思いながら虎太は見送る。

「おい虎太……こら虎太、聞こえないのかい」

もしかしたらお孝さんと話すお悌ちゃんの声がここまで届くかも、と思って耳を澄ましていると、治平が自分を呼ぶ声が聞こえてきた。ちっ、と舌打ちしてそちらを見ると、治平は虎太に向かって手招きしていた。

「ちょっと来なさい。いいから来なさい」

「なんですかい」

渋々、といった感じで座敷に上がり、治平の前に座った。すると治平は虎太の方に顔を寄せ、小声で囁《ささや》いた。

「お前、もしかして昨夜のことを覚えていないのかい」

「はあ、おっしゃる通りです。ここで一緒に酒を飲んだことまでは覚えているのですが」

「それで何食わぬ顔でのこのこ現れたのか」

呆れたように言って、治平は義一郎の顔を見た。義一郎は苦笑いを浮かべている。

「……俺、何かしでかしましたか」

「うむ……まず、急に泣き出した。大泣きだ」

「へ、へえ……」

どうやら自分は泣き上戸だったようだ。知らなかった。

「それからなぜか諸肌《もろはだ》を脱いで踊り始めた」

「は、はあ……」

泣きながら、ということだろう。自分のことながら、わけが分からない。

「やがてお前は、義一郎の膝《ひざ》に縋《すが》りついた」

「ふえっ？」

まさか俺は男が好き……いや、それはない。断じてない。神仏に誓ってもいい。

「そして義一郎に向かって、『お兄さん、お悌ちゃんを嫁にください』と泣きながら叫んだ」

「ああ、良かった。やっぱり俺は女の方が……ええっ？」

慌てて義一郎を見ると深く頷いていた。本当のことらしい。

「義一郎に足蹴《あしげ》にされたお前は、今度は礼二郎に縋りついた。もちろん振り飛ばされたが、懲りずに何度も二人に向かっていってね。そのうちに騒ぎを聞きつけた智三郎が二階から下りてきたんじゃが、そこへも『義弟《おとうと》よ』とか言いながら寄っていった。確か、智三郎に顔を殴られていたかな。まあ、とにかくそんな感じで、四人で揉み合いになった。儂と、それからやはり様子を見に下りてきたお孝さんは、それを遠巻きに眺めていた、というわけじゃ」

「お、お悌ちゃんは？」

「ただ一人、二階でぐっすりと寝ていたようだ。だから昨夜のことは、お悌ちゃんだけは知らない。我々も言うつもりはないよ。馬鹿馬鹿しい話だからね」

「ああ、それならひと安心だ」

虎太は胸を撫《な》で下ろした。不幸中の幸いである。

「おいおい、こっちは大変だったんだよ。お前は大して体も大きくないのに、喧嘩は強いようじゃな。あの義一郎と対等に渡り合うばかりか、礼二郎と智三郎を加えた三人がかりで取り押さえるのも苦労した。儂は見ているだけだったが、随分とはらはらさせられたよ」

「まあ、これまでそれなりに揉め事を起こしてきましたから」

「自慢げに言うことじゃないよ、まったく……しかし、それなら無駄に度胸だけはあるのかもしれない。お悌ちゃんに惚れたはいいが、すぐにここへ通ってこなくなった他の若者とは違う、と見てもいいかな」

「昨日も言いましたでしょう。俺は平気ですよ」

お悌ちゃんから離れるなんてあり得ない。何があっても逃げるつもりはない。

「雨が降ろうと槍《やり》が降ろうと、刃物を構えた凶賊が目の前に立ちはだかろうと、俺はここへやってきます」

「物《もの》の怪《け》だったらどうだね。恨みを残して死んだ者の幽霊が現れたりしたら」

「お化けなんて屁《へ》でもありません。ただ『うらめしや』って言ってくるだけでしょう。怖くも何ともない」

「あら、それは頼もしいわ」

突然お悌の声がしたので、虎太はぎくりとした。恐る恐るそちらへ目を向けると、盆に茶と菓子を載せたお悌がにこにこしながら立っていた。

特に変わった様子は見られなかった。どうやら、たった今来たところのようだ。昨夜の話は聞かれていない。虎太はほっとした。

「さあ、それじゃ始めましょうか」

お悌が座敷に上がってきた。義一郎もついてきて、四人は円になって座る形になった。その真ん中に盆を置いてから、お悌は治平の方を向いた。

「昨日してくれたのは狐か狸か、とにかく得体の知れないものに化かされた男のお話だったわね。とても不思議で面白かったけど、やっぱりお化けが出てくる方があたしは好きだわ」

「ふむ。今日はその手の話だよ。それも、『死神が棲《す》んでいる』と言われている家の話だ。もちろん女の幽霊も出てくる。これは怖いぞぉ」

「まあ、楽しみだわ」

お悌は目を輝かせている。義一郎も腕組みして目を閉じ、じっくりと話を聞こうという姿勢になっていた。

「うむ。それでは始めるよ。これは喜左衛門《きざえもん》さんという人から聞いた話なんだけどね。その人は北本所《きたほんじょ》の荒井町《あらいちょう》に……」

「ちょ、ちょっと待ってくだせぇ」

雰囲気を出そうと低い声音で話し始めた治平を、虎太は慌てて止めた。

「なんだね、いきなり。こういうのは初めが肝心なんだ。ここをうまくできれば、聞く方もすんなりと話に入っていけるからね」

「はあ、すみません……いや、それより治平さん、この店の者にする『お話』ってのは、つまり、その……怖い話？」

「そうじゃよ。幽霊だけじゃなく、狐狸《こり》に化かされた話や神隠しの話など、不思議な出来事でも構わないけれどね。ただしお悌ちゃんは、とびっきり怖いやつじゃないと満足しない」

お悌がうんうんと頷いている。

「そういう話をすると、飲み食いが無代になるってことですかい」

「その通りじゃ。しかし何でもいいというわけではない。でっち上げた話は駄目だ。そのため、『その出来事が起こった場所がはっきりしている』か、もしくは『その出来事に遭った人が分かる』ことが必要じゃ。そういう話ができたら、一膳飯屋古狸の酒と飯が無代になる」

「は、はあ……」

これはまずいことになったぞ、と虎太は焦った。先ほどはお化けなど屁でもないと言ってしまったが、それは真っ赤な嘘《うそ》だ。これほど苦手なものは他にない。十一、二歳の頃に寝ている兄弟子に小便をかけたのだって、その手の話を怖がる虎太をそいつが馬鹿にしてきたからだった。

大きくなってからの虎太も、その頃とまったく変わっていない。仲間内でそんな話が出そうになると、耳を塞《ふさ》ぐか席を外すかして聞かないようにしてきた。それなのに、まさかここで聞く羽目になろうとは……。

「さあ、治平さん。早く続きをお願い」

お悌が先を促した。可愛い顔をしてこの娘は……と虎太は顔をしかめた。お悌がいる以上、尻尾《しっぽ》を巻いて逃げるわけにはいかない。怖がっている素振りすら見せては駄目だ。そんなことをすると嫌われてしまう。

「ふむ、どこまで話したかな。いや、まだ始まっていなかったか。ええと……」

喜左衛門は困っていた。

元々は小間物屋の主だったが、店を倅に譲り、自分は北本所の荒井町に長屋を買ってそこの地主兼大家になった。こつこつと貯めた金はその際にほとんど使い果たしてしまったが、それでも店賃で暮らしていけると踏んでのことだった。手に入れたのは二階家の三軒長屋が一棟と、九尺二間の部屋が十二ある棟割《むねわり》長屋が一棟だ。すでに連れ合いを亡くしていて自分一人だけだったので、余裕で暮らせるだけの金が入ってくるはずだった。

しかし、その目論見《もくろみ》は狂った。ある時を境にして、櫛《くし》の歯が欠けるように次々と長屋から住人がいなくなってしまったのだ。今では九尺二間の方は四つの部屋が埋まっているのみ、三軒長屋に至っては三つとも空いてしまっていた。

「私は今、『住人がいなくなった』と言いましたよね。『出ていった』ではなく」

話を聞きに来た治平に、喜左衛門はそう言った。

「もちろん出ていった人もいます。しかしそれはだいぶ後になってからのことでしてね。初めのうちは、住人が亡くなることで減っていったんですよ。後の人はそれを怖がって出ていったというわけでしてね」

一番初めに死んだのは、お房《ふさ》という女だった。喜左衛門が長屋を買ってまだ間もない頃のことだから、今から十年以上も前の話になる。

お房は三軒長屋の右側の家に一人で暮らしていた。以前はそこに両親と住んでいたらしいが、そちらは喜左衛門が大家になる前に亡くなっていた。娘のために結構な銭を遺していたので、お房は引っ越さずにそのまま住んでいたのだ。

お房はその時で二十四、五になっていた。なかなかの美人だったが、そのせいでかえって縁遠くなってしまったようだ。また両親が亡くなってからは、言い寄ってくる男が金目当てのように思えてしまうのか、自ら縁づくことを拒んでいるような節があった。喜左衛門も心配して何度か縁談を持ち込もうとしたのだが、ことごとくお房に断られていた。

そのお房が死んだのは、あと少しで新しい年を迎えるという大晦日《おおみそか》の夜のことだった。その日の夕方、わずかに降る雪の中をどこかへ出かけていくお房を喜左衛門はちらりと見ていたが、それが生きている最後の姿になったという。

「お房さんは殺されたんですよ。業平橋《なりひらばし》の先で、血を流して息絶えていたのが見つかったんです。何者かに刃物で刺されたらしい。あの辺りは田圃《たんぼ》ばかりですからね。いつもなら翌朝まで見つからないのでしょうが、大晦日の晩だったので近所のお百姓が集まって酒を飲んでいたそうなんです。その帰りに、うっすらと積もった雪の上に点々と血が落ちているのを見つけた。訝しんで跡を辿っていくと、お房さんが倒れていたという話でした。すでに亡くなっていたのは残念ですが、雪に埋もれる前に見つかったのがせめてもの救いだ。そんなことになっていたら、あまりにも可哀想《かわいそう》ですからね」

町方の役人の調べでは、お房に人相風体のよく似た女が男と歩いていたのを見た人がいたという。どうやらその男が怪しいとなり、喜左衛門の元へ役人が何度も訊きに来た。しかし喜左衛門も、その他の長屋の住人もまったく心当たりはなく、ただ首を振るだけだった。

結局、お房を殺した下手人は分からなかった。だから今もまだ捕まってはいない。

「そこで亡くなったわけではないが、さすがに殺された人が住んでいた場所ですからね。お房さんがいた家は一年ほど空いてしまった。ようやく借り手が現れたのは、次の年が明けてひと月ほどが過ぎてからでした。ところがいくらも経たないうちに、また空き家になってしまったのです」

住人が死んだからである。今度は家の中での出来事だった。

三軒長屋の右側の家を新たに借りたのは利助《りすけ》という男で、とある商家の通いの番頭だった。四十近くになっていたが、お房と同じように独り者だ。あと二、三年ほど勤めたら暖簾分けしてもらって自分の店を持ち、それから若い嫁を探そう、という腹積もりらしかった。

独り暮らしということもあり、利助は静かに暮らしていた。棟続きであるのに、隣の家の者は物音すらほとんど聞いたことがなかったそうだ。だがある晩、その利助の部屋から物凄《ものすご》い叫び声がしたのを聞いて、眠っていた隣の住人は飛び起きた。

慌てて壁越しに「どうしましたか」と訊ねた。しかし返答はない。胸騒ぎを覚えた住人は外に出て、利助の家の裏口の戸を叩いてみた。やはり返事はなかった。戸を少し動かしてもみたが、心張棒《しんばりぼう》が支《か》ってあるらしく開かない。そこでいったん自分の家に戻り、表戸の方から外に出た。通りから眺めると、そちら側にある利助の家の戸や窓はすべて雨戸が閉まっていた。

特に変わった様子は見られなかった。それで隣の住人は、「夢の中で聞いた声を利助さんのものと勘違いしたのだろう」と思い、再び自分の家に戻って寝直したという。

「ところが翌朝になっても利助さんは起きてこなかった。勤めていた店にも顔を出していませんでした。だから昼前に店の主が様子を見に来たのです。しかし家の戸がすべて閉まっていたので、大家の私が呼ばれました。隣の住人と店の主、私の三人で、裏口の戸を外して中に入った。そして、二階で倒れている利助さんを見つけたのです」

利助はすでに事切れていた。大きく目を見開いた異様な形相であったが、傷を負っている様子はなかった。

すぐに町方の役人が呼ばれ、家の中が調べられた。しかし盗まれた物はなく、また戸締りもされていたことで、急な病で亡くなったのだろう、ということになった。

「持病があるとは聞いていなかったが、それでも突然ぽっくりと逝《い》く人はたまにいますからね。その時は不思議とは思わなかった。これは怪しいと思い始めたのは、その家で再び人が亡くなってからです」

また空き家のまま一年が過ぎ、利助の一周忌が過ぎてからようやく、三軒長屋の右側の家に人が住みついた。今度の住人は三十過ぎの、手間取りの大工だった。がっしりした体の男で、顔も厳《いか》つい。刃物で刺しても死ななそうな風貌に喜左衛門は思わずにんまりとした。そして、この人なら長く住んでくれるに違いないと安堵《あんど》の息を吐いた。

だが、そこでの男の暮らしはわずか数日で終わってしまった。利助の時とまったく同じだった。隣の住人が夜中に叫び声を聞き、その翌日に死体で見つかったのだ。

「やはり盗まれた物もなく、戸締りもされていたので、急な病ということでお役人たちの調べはすぐに終わりました。しかし私は、もしかしたらあの家には何かあるのではないかと疑い始めていた。もちろんそんなことはお役人には告げられません。私が考えていたのは、呪《のろ》いとか祟《たた》りとか、そういう類《たぐい》のことでしたからね。お役人どころか、他の誰にも話せませんよ。私は一人で悩んでいた。あの家をまた誰かに貸してもいいものだろうかと……」

ところがそんな時に限って次の住人は早く現れた。手間取りの大工が亡くなってわずかふた月後である。今度は滝蔵《たきぞう》という名の左官職人だった。

喜左衛門は迷いながらも、滝蔵に家を貸した。そして少しでも暇があると訪ねていって、変わったことはないかと訊ねた。

「初めのうちは何もないと滝蔵さんは答えていた。しかしある時、神妙な顔で私に、前にここにはどんな人が住んでいたのか、と訊いてきたのです。私は、手間取りの大工だったが病で亡くなった、と正直に話しました。家の中で死んでいたことも告げたので、滝蔵さんは気味悪がるかな、と思ったのですが、なぜかほっとしたような表情をしていましたよ」

しかしその滝蔵もそれからしばらくして亡くなった。これまでの男たちとまったく同じ死に方だった。

その年の秋に、また新たな者がその部屋に住みついた。梅助《うめすけ》という名の桶《おけ》作りの職人だった。よく喋る男で、しかもその話もやたらと面白かった。この男なら何か恐ろしい目に遭っても、持ち前の明るさで切り抜けてくれるかもしれないと喜左衛門は思った。

「残念ながら私の考えは間違っていました。やはり梅助さんも亡くなってしまったのです。しかしこの人のお蔭で、あの家で起こっていたことがだいたい分かりました」

梅助は住み始めて半月後の早朝に、いきなり喜左衛門の元を訪ねてきた。もうあの家には住めないから出ていくという。驚いた喜左衛門がよくよく梅助の様子を見ると、手回り品を包んだ風呂敷《ふろしき》だけを持っていた。家財道具はどうするのかと訊くと、いらないから勝手に売ってくれ、と答えた。

これは何かあったに違いないと思い、喜左衛門は梅助を招き入れて話を聞いた。梅助は初めのうちは落ち着かない様子で、珍しくあまり喋らずに辺りをきょろきょろと見回していたが、やがてぽつりぽつりと語り始めた。

「女が来たと言うのです。二階で寝ていると、下から足音のようなものが聞こえてきたそうだ。これは泥棒が入ったに違いないと思った梅助は、枕元にあった棒を手に取った。以前、別の家に住んでいた時にも泥棒に入られたことがあったので、寝る時には常に枕元に置いていたらしい。それだけじゃなくて、仕事の時に使う鑿《のみ》まで用意していた。それらを持って、梅助は足音の主が二階に上がってくるのを待ち構えました。下に金目の物はないので、必ず二階に来ると考えたわけです」

思った通りに、やがて足音は梯子段《はしごだん》の方へとやってきた。ぎっ、ぎっ、と踏板の軋《きし》む音が少しずつ近づいてくる。

梅助は鑿を右手に持ち、いつでも投げ付けられるように構えた。まずそれを相手にぶつけ、怯《ひる》んだところを棒で襲いかかり、梯子段の下へ落としてやるつもりだった。

相手は一段、一段ゆっくりと梯子段を上ってくる。やけに遅いのは、慎重に人の気配を探りながら進んでいるために違いない。やはり泥棒だ、と梅助は思い、相手に気づかれないよう息を殺した。

しばらくすると、ようやくという感じで相手が姿を現した。まず、頭の先が見えた。次に額、そして目、鼻と徐々に上がってくる。

とうとう横顔全体が現れた。続けて肩、胸の辺りと一段進むごとに体も見えてくる。手を使い、這《は》うような感じで梯子段を上っているのが分かった。

そこまで来ても梅助は鑿を投げなかった。動けなかったからである。大きく目を見開いて、相手の姿を眺めることだけしかできなかった。

それが女だったということもあるが、それよりも、暗闇なのにはっきりとその姿が見えたことの方が大きかった。女は月明かりに照らされた雪のように、うっすらと光っている。だから、それがこの世のものでないとすぐに分かったのだ。

やがて女はすっかり二階へと上がってしまった。床に四つん這いになり、顔を上げてまっすぐ梅助を見据えている。相手にもこちらの姿がはっきりと見えているらしかった。

梅助は悲鳴を上げた。それが良かったのか、少しだけ体が動かせるようになった。ぎくしゃくとした動きで後ずさりをする。しかし、その背中はすぐに壁にぶつかってしまった。その場で尻餅《しりもち》をつく。

女の顔が苦痛に歪《ゆが》んだ。右手で自分の腹の辺りを触る。その指の間から血が滴っていた。

「ああああああ」

女が叫んだ。腹を触っていた右手を離し、梅助の方へ伸ばす。

その手が床へと下ろされた。ぴちゃ、と血が跳ねる音がした。

次に女の左手が上がり、また床に下ろされた。そしてまた右手が……。

女は「痛い、痛い」というようなうめき声を上げながら、梅助へ向かって這い寄ってきたのだった。

「そこで梅助は、渾身《こんしん》の力を振り絞って立ち上がり、女の横を走り抜けたそうです。梯子段をほとんど落ちるような感じで下り、裏口から外へと飛び出した。そこは裏長屋へ続いているのですが、梅助はその長屋の木戸の閂《かんぬき》も開け、表通りまで出たらしい」

梅助は一晩中やっている飲み屋を見つけ、そこへ飛び込んだ。自分の家に戻ったのは、夜がすっかり明けてからだった。

家の中に変わった様子はなかった。女はもちろん、血の跡すらなかったという。

「話しているうちに梅助さんは落ち着いてきました。悪い夢でも見たのではないかと思い始めたようでした。それで出ていくことを取りやめて、その家に住み続けることにしたのです。私も、その時にはまだ迷いがありましてね。大家として、そこが幽霊の出る家だなんて認めることができなかったのです。だから引き留めてしまったのですが、梅助さんを逃がした方が良かったとずっと後悔しております」

梅助はしばらくの間は何事もなく暮らしていた。しかし十日ほど経った時、家の雨戸がずっと閉めっ放しになっていた日があった。恐る恐る様子を見に行くと、案の定、梅助は家の二階で息絶えていた。

　その件の後、喜左衛門だけではなく他にもあの家は怪しいと考える者が現れ始めた。一度そんな噂《うわさ》が出ると、瞬く間に尾ひれがついて話が大きくなった。気が付くとそこは「死神の棲《す》む家」と呼ばれるようになり、借りようとする者がいなくなった。

また、何人もの死人が出た右側の家だけでなく、その隣の、三軒長屋の真ん中の住人も気味悪がって出ていってしまった。少しするとさらにその隣の、左側の家の者も離れていき、三軒長屋はまるまる空き家となった。

　それだけでは終わらなかった。三軒長屋に人がいなくなったのだから、次は裏長屋の方に死神が現れるに違いない、という噂が立ったのである。気にした住人が次々と引っ越していき、裏長屋の方も四つの部屋が埋まっているだけになってしまった。


「……まあ、そういうことじゃよ」

治平は、すっかり冷めた茶を手に取った。どうやら話はこれで終わりらしい。ほっと安堵の息を吐きながら虎太も湯呑《ゆの》みへと手を伸ばす。

　平静を装ったつもりだったが、手が震えて湯呑みをつかみ損ね、危うく倒しそうになってしまった。怖がっていることがばれてしまったか、と焦りながら治平の様子を窺う。

治平はそんな虎太の姿をしっかりと見ていたようだが、特に何も言わずに、顔をお悌の方へと向けた。

「どうだったね、今の話は」

治平の問いに、お悌はすぐに返事をしなかった。どうしたのだろうと虎太が見ると、もぐもぐと口を動かしていた。団子を頬張っているようだった。

食べている姿も可愛らしい、と思いながら虎太はお悌を眺めた。同時に、よく平気な顔で物を食えるな、とも思った。喉はやたらと渇いているが、自分は何かを腹に入れる気にはとてもなれない。この手の話を聞くことについては、お悌が虎太よりもはるかに強いのは間違いなかった。

お悌は団子を飲み込むと茶を啜《すす》り、それからようやく喋り始めた。

「ええと、そうね……話の中では、梯子段を上ってきたのは『女』としか言われていなかったけど、やっぱり初めに亡くなったお房さんなのかしら」

「ああ、それは喜左衛門さんも気になったようでね。梅助さんに女の顔付きなどを訊ねたらしい。しかし梅助は思い出すのも嫌だったのか、あまり詳しくは語らなかったそうなんじゃ。それでも聞き出せた話の様子から、ほぼ間違いなくお房さんだろうと喜左衛門さんは言っていたよ」

「ふうん。まあ、そうでしょうね。そのお房さんの幽霊に遭ってから亡くなったのは、商家の番頭の利助さんと、それから……」

お悌は指折り数え始めた。

「……名前は分からないけど手間取りの大工の人、それから左官屋の滝蔵さん、そして梅助さんの四人ね。案外と少ないわ。それに誰かが亡くなってから次の人が死ぬまで間が空いている。それなのに、長屋の部屋の半分以上が空《あ》き店《だな》になるほどの騒ぎになるかしら」

お悌は数えていた手を盆へと伸ばして饅頭を取った。まだ食べるつもりらしい。

「それにお房さんが亡くなったのは十年よりも前の話でしょう。でも長屋に空き店が増えて喜左衛門さんが困っているのは今の話よね。十年で四人なら、あり得なくもない話だわ。流行《はや》り病《やまい》のせいでもっと多くの人死にが出ることもあるし。それなのに『死神の棲む家』なんて呼ぶのは大袈裟《おおげさ》すぎる。もしかして実はもっと亡くなっている人がいるけど、喜左衛門さんが話を端折《はしょ》った、なんてことがあるんじゃないかしら」

「うむ。さすがじゃよ、お悌ちゃん。話が長くなるし、同じような出来事が続くので飽きると思って、儂の方で短くしたんじゃ。もうあと何人か、亡くなった人はいたよ。それから亡くなりはしなかったが、幽霊を見て逃げ出した人もね」

「思った通りだわ」

お悌はにこりとほほ笑むと、そのままの顔でぱくりと饅頭にかぶりついた。

「そして喜左衛門さんは、それらの人々について、ある決まりがあることに気づいた。必ずしもお房さんの幽霊を見た者すべてが亡くなっているわけではないのじゃ。それならどういう人が亡くなるかというと、その年に初めて見た人なんじゃよ。そういう人は一度見ただけで亡くなっている。さっきの話だと、利助さんと手間取りの大工がそうじゃな。それから、もし同じ年にすでに死んだ人がいた場合は、二度目に見た時に死ぬらしいんじゃ。滝蔵さんや梅助さんがそれじゃ。そして新年になると、また一度目に戻るという」

「はあ？」

思わず虎太は声を上げてしまった。

「どうしたね？」

「いえ、いくらなんでも馬鹿げていると思いまして。幽霊がそんなわけの分からないことをするはずがありません」

「そうかな。儂は分からなくもないと思うが。まず、新年になると最初に戻るのはお房さんが大晦日に殺されたからではないだろうか。幽霊が出ないので話さなかったが、実は二年間ほど女の人がその三軒長屋の右側の家に住んだことがあったそうなんだよ。その人はまったく平気な顔で暮らしていたらしい。つまり、幽霊が姿を現すのは男の前だけというわけじゃな。このことから、お房さんは殺した相手の男を憎んで出ているのだと分かる。年が明けて最初に見た人が一度目で亡くなるのは、その恨みがあまりにも強いからじゃろう。しかし住人は殺したやつとは違う。だから二人目からはお房さんも少し冷静になって、初めは自分の恨みつらみを訴えるだけにする。しかしそれが通らないから、二度目に遭った時に死なせてしまう」

いやいや、と虎太は首を振った。

「さすがにそれはどうかと思いますぜ」

「違うと言い切れるかね？」

「もちろんだ」

「それなら虎太、その三軒長屋に泊まってみなさい。十日くらいでいいかな。あるいは、お房さんの幽霊に出遭うまでだ」

「は？」

虎太はきょとんとした顔付きになった。お悌の手前だから見栄を張っているだけだ。内心では治平の説明に納得して、「なんておっかない幽霊だ。そんなのに遭いたくねえなぁ」と思っている。

「い、いきなり何をおっしゃいますやら。面白い冗談だ、ははは」

「いや、本気だよ。梅雨時で仕事がなかなか見つからずに困っているのじゃろう。それなら断ることはあるまい。飯代や風呂代は先に渡すし、その他にも何かいる物があったら儂が銭を払うよ……それとも、もしかして怖いのかね。さっきはお化けなど屁でもないと言っていたのに」

「え……い、いや、まさか」

虎太は横目でお悌を見た。口をもぐもぐと動かしながら、興味深そうに虎太と治平の二人を見守っていた。

怖がっていることをお悌に悟られないようにしつつ、何とか話を断らなければ、と虎太は必死に頭を巡らせる。

「ええと……ほら、喜左衛門さんにご迷惑でしょう。いきなり行ったところで、泊まることが許されるとも限らないし……」

「それについてはもう話を通してある。望めば今夜からでも泊まれることになっているよ」

「……口ではそう言っていても、やっぱり迷惑に感じるんじゃないかな。ただでさえ妙な噂が立っているんだ。その上、俺みたいな者が幽霊見物に訪れたら……」

「今さらじゃよ。むしろぜひ泊まってほしいと喜左衛門さんから頭を下げられているんじゃ。もし何事もなかったらお房さんの幽霊が成仏していることになるから、安心して次の店子《たなこ》を探せる。もし幽霊に出遭ってお前が亡くなったとしても、それは今まで通りだから、喜左衛門さんは痛くも痒《かゆ》くもない」

「ひ、酷《ひで》え……」

「どうせお前は、幽霊話なんてあまり知らないだろう。さっき言ったように、その手の話をしないとここの飲み食いは無代にならないんじゃよ。ただし、実はもう一つ、無代になるやり方があってね。それは幽霊が出たという場所に泊まり込むことなんじゃ。それなら一食なんて言わず、三食くらい無代で食える。そうだったよな、義一郎」

治平が飯屋の店主に声を掛けた。義一郎は頷いた後で、「なんならこの件は、もっと増やしてもいい」と言った。

「その代わりしてもらいたいことがある。ここ最近、同じように幽霊見物に訪れた者がいるかどうか調べることだ。それをしてくれたら、五食分は無代で食わせてやろう」

「うう……」

虎太は唸《うな》った。なぜ義一郎がそんなことを知りたいのか不思議に思わなくもないが、この頼み自体は容易《たやす》い。長屋の住人や近所の人などに聞いて回れば済むことだからだ。

ここへ来る前に住んでいる長屋の大家に今月分の店賃を納めてきていた。そのため、今は懐がかなり寂しい。もしこの先も雨の日が続いて仕事がまったく見つからなかったら、十日以内に尽きてしまうくらいの銭しか残っていなかった。その虎太にとって、五食分の飯代は大きい。

――だが、その家に泊まるのは……。

幽霊が出るだけでも嫌なのに、それを見たら死ぬかもしれないだなんて酷《ひど》すぎる。

「随分と悩んでいるな。怖いんじゃないのか」

義一郎が馬鹿にするような口調で言った。

「い、いや、そんなことありませんって」

「だったらあっさり頷けばいい。それを躊躇《ためら》っているってことは、やっぱり怖いんだ。虎太なんて猛々《たけだけ》しい名を持っているのに、まったく虎からかけ離れている。お前は虎太なんかじゃなくて、ね……」

「おっと、その先は言わないでもらいましょうか」

相手を止めるように、虎太はすっと義一郎の前に広げた手を出した。義一郎が言いかけたのは、かつて自分のことを馬鹿にしていた兄弟子が散々使っていた言葉だ。そいつだけじゃなく、故郷にいた時も周りの者が虎太をからかう時に口にしていた。だから、その言葉で自分を呼ぶことだけは許せない。

「分かりました。荒井町にあるという、死神が棲む三軒長屋に泊まり込みましょう」

虎太はきりりと頬を引き締めて義一郎に告げた。

「きっちり五食分、無代でここの飯を食らってやりますよ」

治平と義一郎が「おおっ」と感嘆の声を上げた。

虎太は満足げに頷き、それからお悌の顔を見た。きっと自分のことをうっとりと見ながら、何か励ますような言葉をかけてくれるに違いないと思ったからだ。

ところが残念なことにお悌は虎太の方を見ていなかった。饅頭をなかなか飲み込めないらしく、俯《うつむ》いて口の辺りを押さえている。

――そ、そんな……。

亀と熊に感心されても仕方がない。せめてひと言、と思いながらお悌の様子を見守る。

しばらくするとお悌は虎太の目に気づき、ちょっと待ってね、というように手を挙げ、反対の手で湯呑みを取り上げた。

お悌は口の中の饅頭を一気に茶で流し込んだ。それから、ようやく虎太に向かってにっこりとほほ笑んだ。

「しっかりね、猫太《ねこた》さん」

「……お、お悌ちゃん」

これだけ待たせておいてから、その言葉を繰り出してくるとは。

まさか俺のことを馬鹿にしているのか、と思いながら虎太はお悌の顔をまじまじと見つめた。

お悌は手を胸の前で組み、相変わらず可愛らしい笑みを浮かべて虎太のことを見ている。どうやら馬鹿にしたわけではなく、本当に間違えただけのことらしかった。

それはそれで酷い、と虎太は肩を落とした。

四

虎太は荒井町にある、「死神の棲む」三軒長屋の裏口にいる。

もう夜の五つ半だ。飯も食ったし、風呂屋に行ってさっぱりもした。

大家の喜左衛門にも挨拶を済ませてある。その際に義一郎から頼まれていた、「ここ最近、自分と同じように幽霊見物に訪れた者がいないかどうか」も訊ねてみた。喜左衛門の返答は「いない」だった。

――ええと、他にしなければならないことは……。

なさそうである。後は家の中に入って寝るだけだ。

――いや、何か忘れていることがあるはずだ。ええと……。

必死で頭を捻ったが、何も浮かばなかった。やはりもう中に入らなければならない。

参ったなぁ、と呟《つぶや》きながら虎太は三軒長屋の建物を見上げた。雲が空を覆っているので辺りは真っ暗だ。そのため大きくて黒い塊《かたまり》にしか見えない。

背後の裏店《うらだな》の方を振り返る。こちらも暗い。九尺二間の貧乏長屋だから、油代がもったいなくて夜はさっさと寝てしまう者が多いのだろう。ましてや四つしか部屋は埋まっていないという話だった。暗くて当然である。

——寂しい所だよな。

こんな長屋、たとえ幽霊が出ないとしても薄気味悪い。逃げた方が利口なのではないか、という考えが虎太の頭をよぎる。

——三軒長屋には、ここ二年ほどはまったく人が住んでいないという話だったな。

挨拶に行った時に喜左衛門がそう言っていた。

今年はまだお房の幽霊を見た男はいないということだ。もし虎太が出遭ったら、年が明けてからの一人目ということになる。喜左衛門の考えが正しければ、遭っただけで死ぬ。

逃げるべきか、それとも勇気を振り絞って中に入るべきか。頭が痛くなるくらい本気で悩んでいると、頭にぽつりと水滴が落ちてきた。

朝から降ったり止んだりしていた雨が、再び降り始めたようだ。いつまでも外に突っ立っていることはできない。

梅助が一度目に幽霊を見て逃げた時にひと晩過ごしたという飲み屋がすでに潰れていることは確かめてある。この近くには、他に遅くまで開いている店はなさそうだった。

何もかもうまくいかない。まるでこの家が虎太のことを招いているかのようにすら感じてしまう。だからこそ、中に入るのを躊躇っている。

――しかし、このままでは雨に濡れて風邪をひいちまうかもしれないし。

中に入るしかない、と虎太はようやく足を踏み出した。お房の幽霊が出るという、右側の家の裏口の戸の前に立って戸に手をかける。

建て付けが悪いのか、ぎしぎしと軋んだ。戸が音を立てるたびにびくりと体を震わせながら、虎太は何とか人が一人通れるくらいの隙間を開けた。

腰を引き、首だけを思い切り伸ばしてそっと中を覗き込む。恐ろしいほど真っ暗だった。虎太は目が良く、夜目もかなり利く男だが、それでも何も見えない。明かりを点ける道具を喜左衛門が裏口の土間に置いてくれているはずなのだが、それすらも分からなかった。

体を半分だけ戸口の中に入れ、足を伸ばして土間を探った。何か当たる物があったので、やはり足を使って自分の方へ引き寄せる。火を点ける道具が入った火打箱《ひうちばこ》と、瓦灯《がとう》という明かりを点《とも》しておくための焼き物の道具だった。

この瓦灯は頑丈な陶器で炎の周囲を覆うので行灯よりも火の用心になり、寝ている時にも点けておける。これがあるのはありがたかった。

——だけど、火が点くまでの間も怖いんだよな。

ただでさえなかなか点かない時があるのに、今は雨が降って湿気があるので余計難しくなっている。火口《ほくち》が燃えるまで土間に蹲《うずくま》り、下を向いて火打石と火打鎌をかちかちと打ち合わせ続けなければならない。もしその間にお房の幽霊が現れて、自分が気づかないうちに近づいてきたら……。

虎太はぶるぶると震えた。駄目だ、ここで火を点けるのは怖すぎる。それならどうすればいいのか。

いったん隣の家の土間に行き、そこで点けてからここへ持ってくる、という考えが浮かんだ。

——うむ、それがいいかな……いや、待てよ……。

それよりもっといい考えを思い付いた。そもそも治平は「三軒長屋に泊まってみなさい」としか言っていない。ならば、三つあるうちのどこに泊まっても構わないのではないか。

すべて同じように空いているのだ。喜左衛門にかかる迷惑は変わらない。

——それなら……。

ここから離れている、一番左だ。

虎太は火打箱と瓦灯を拾い上げて外へ出し、再びぎしぎし軋ませながら戸を動かしてぴたりと閉じた。それから軽い足取りで、三軒長屋の左側の家へと向かった。


一膳飯屋古狸の座敷で三人の男たちが話をしている。

長男の義一郎と次男の礼二郎、そして治平だ。お孝とお悌、そして三男の智三郎はもう寝るために二階へ上がってしまっていた。

「……虎太のやつ、まさか本当に泊まりに行くとは」

義一郎が感心している。治平が三軒長屋の話をしている時に、ずっと虎太の様子を盗み見ていた。その時の顔色や目の動きで、虎太はこの手の話を苦手としているに違いないと感じていたのである。だから泊まるのを意地でも拒むに違いないと踏んでいた。ところが虎太は荒井町に向かっていった。驚きである。

「だが、まだひと晩も過ごしたわけじゃないからな。多分、夜中に逃げ出すだろう」

礼二郎が冷たい声で言った。この男は、昼間は蕎麦屋の方にいたので話を聞けなかったが、後になって治平から三軒長屋に出る幽霊のことを伝えられている。

「そんな家に泊まるのは俺でも御免だ。下手をしたら、命を落とすかもしれない。それと五食分の飯ではとても釣り合わないからな。虎太だって逃げるに決まっているさ。そうでなければ、ただの阿呆だ」

「まあ、その通りなのじゃが……」

治平が首を傾げる。

「実はあの男、その阿呆なのじゃよ。本人が認めているのだから間違いない。そうなると、逃げずに三軒長屋に泊まり込んでしまうかもしれないのう」

「治平さん……呑気な顔で言っているが、お房の幽霊の話は本当なんだろう？」

「まあな」

「これまでに何人も死んでいるというのも」

「そうらしいな」

義一郎と礼二郎は顔を見合わせた。そんな場所に最初から行かせるのは酷だと思った。

これまでにもお悌目当てにふらふらと古狸にやってきた若者に同じようなことをしている。虎太が行った三軒長屋に比べるとはるかに手緩《てぬる》い場所だったが、それでも全員が逃げ出し、ここへ顔を出さなくなっていた。

「治平さん、さすがに今回の場所はまずいんじゃありませんか。お房さんの幽霊とやらと顔を合わせちまったら大変なことになる」

「うむ、儂もそう思うよ。だからね、話の中にある仕掛けをしておいた。喜左衛門さんとも口裏を合わせておいたから、ちゃんと引っかかってくれるだろう」

「へえ……それは、いったいどんな仕掛けですかい」

「わざと違う家にしたんじゃよ。話の中では、幽霊が出るのは三軒長屋の一番右側ということにしておいたが、本当は左側の家なんじゃや。あの男は昼間、あれだけ見栄を張って大口を叩いたわけだからね。きっと右側の家に泊まるに違いない。現れない幽霊を待ってひと晩中震えることになるだろうな」

　治平は楽しそうに笑った。ほっとした義一郎と礼二郎も一緒になって笑う。

「それなら安心だ。それじゃ、我々は一杯やるとしますか。泣き上戸の男がいないから、三人でのんびりと」

　義一郎は立ち上がった。小上がりの座敷から素早く下りる。顔は熊だが、中身は優しい男なので、虎太の身を本気で気にかけていた。その心配が解けたので、いつもより動きが軽くなっている。

　義一郎は素早い足取りで、酒を取りに店の奥へと向かった。

虎太は苦労して点けた瓦灯の明かりを頼りにして、「幽霊の出ない」一番左側の家の一階を見回した。

長く空き家だったうちに、いつの間にかここは物置のような使われ方をされるようになってしまったらしかった。裏口の土間から見ると狭い部屋が縦に二つ並び、手前側の部屋の隅に梯子段がある。その梯子段の下に、桶やら盥《たらい》やら箱膳やら、どこの家にもありそうな物が幾つも積み上げられていた。

家財道具を置いたままでこの長屋から出ていってしまった人もいたのだろう。それをここに集めたみたいだな、と考えながら、虎太は履物を脱いで中に上がった。しかし二、三歩進んだだけで足の裏がざらざらしたので、すぐに戻って履き直した。大家の喜左衛門は空き店の掃除をしていないようだ。そのまま上がらせてもらうことにする。

一階で横になるのは駄目そうだと分かったので、奥の部屋は見ずに二階へ行くことにした。梯子段のすぐ脇にちょうど箒《ほうき》が転がっていたので拾い上げ、それを手にしながらやけにぎしぎしと軋む梯子段を上る。

二階の部屋より幾分狭いが、二階にも部屋が二つあった。表通り側と裏の長屋に面した側には窓があるが、今は雨戸が立てられている。少し風が出て、雨足も強くなったようだ。雨戸を叩く雨の音が耳に入ってきた。

　きょろきょろと部屋を見回す。さすがに二階には物が置かれていなかった。がらんとしている。柱に、背比べをしたと思《おぼ》しき傷が何本かついているのが見えた。いつの頃かは分からないが、ここに子供が暮らしていたこともあったようだ。この部屋で目につくものと言えば、せいぜいそれくらいである。

　虎太は腰を曲げ、手を床に当てて撫でてみた。ざらざらした土埃《つちぼこり》がたくさん積もっている。ずっと雨戸が閉めてあっても、どこからか入り込んでしまうものらしい。箒で掃くことにする。

　横になる場所を作るだけのことだから、丁寧にする必要はなかった。軽くささっと掃いて、すぐに終わりにした。

　――よし、これで寝る支度は整った。

　こんな場所でいつまでも起きているのは馬鹿馬鹿しい。何もすることがないのだから、早く寝ちまうに限る。

　虎太は床に体を横たえ、目をつぶった。


　何やら物音がしたような気がして、虎太は目を覚ました。

すぐにここが、あの三軒長屋であることを思い出した。慌てて体を起こし、きょろきょろと周りを見回す。部屋の中の様子に変わりはない。虎太以外の何者かがいる、などということはなかった。

雨戸を叩く雨の音はいくらか弱くなったが、まだ続いている。それとは別の音がしないかと、息を殺しながら耳を澄ました。

何も耳に入ってこなかった。雨の音だけだ。物音がしたと思ったのは気のせいだったらしい。

虎太はほっとしながら、雨戸の方を見た。隙間から光が漏れてきてはいなかった。まだ朝には遠いようだ。

それなら寝直すか、と再び横になって目を閉じる。その虎太の耳に、今度はさっきよりも大きな物音が届いた。一階の梯子段の下に積み重なっていた桶や盥の山が崩れて、幾つかが床に転がる音だった。

しかも今回はそれだけではなかった。かすかではあったが、物音の中に明らかに人の声も混じっていた。「ひぃ」というような、何かに驚いて息を飲むような声だった。

虎太は勢いよく体を起こし、片膝立ちになった。

「……ど、どなたですか？」

震える声で、恐る恐る声を掛ける。大家の喜左衛門や長屋の他の住人が様子を見に来たのかもしれないと思ったからだが、返事はなかった。

桶や盥が立てる音や、人の発する声ももう聞こえてこない。その代わりに、ぎっ、ぎっ、という床板が軋む音が耳に入ってきた。しかもそれは少しずつ大きくなっている。何者かが梯子段を上ってきているのだ。

——まさか……。

治平から聞いた話が頭の中に甦《よみがえ》った。梅助という男が聞いた、お房の幽霊の足音がこんな感じだった気がする。

——だけど、出るならあっちの家じゃないのか？

虎太は体を強張《こわば》らせながら目を梯子段の方へ向けた。そこにはもう、女の頭の先が覗いていた。思わず「ひっ」と叫んで後ずさりする。

額、目、鼻と女の顔が徐々に見えてくる。虎太は目を見開き、女をじっと見つめながら後ずさりを続けた。しかし狭い部屋なので、すぐに背中が壁に当たってしまった。その場で尻餅をつく。

確か梅助もこんな感じになっていたな、と虎太はなぜか冷静に思った。幽霊に出遭うと誰でも同じような動きをしてしまうものなのだろう。

だが、その時の梅助と今の虎太との間には、一点だけ大きな違いがあった。梅助はその年の二人目だったから一度目は助かった。もしその後ですぐに引っ越していれば命を落とさずに済んだに違いない。

しかし虎太は駄目だ。今年初めてお房の幽霊に遭った男なのだ。

——ということは、俺は死ぬのか。

今や女は梯子段をすっかり上り切っていた。四つん這いになって虎太の方へ顔を向ける。

女の顔が苦痛に歪んだ。右手で自分の腹の辺りを触る。その指の間から血が滴っていた。

「ああ、お、お房さん、さ、叫ばないでください」

事の成り行きを知っているので、先回りして虎太はお願いした。

まさか通じるとは思わなかった。女は口を開けたが、「ああああああ」という声は発しなかった。その代わりに、「い、いた」というような呻《うめ》き声《ごえ》が漏れ出た。

「そ、そうですよね。刺されたのですからね。そりゃ痛いでしょう。分かります。よく分かります。だからお房さん、お願いだからそのまま動かないで、そこでじっとして……」

虎太の必死の懇願は、今度は相手に通じなかった。女は四つん這いのまま、虎太の方へと寄ってきた。しかも、話に聞いた梅助の一度目の時より動きが速いようだった。だだだだっ、という感じで一気に虎太の目の前まで迫ってきた。

「ああああああ」

虎太は叫び声を上げた。同時に、目の前が暗くなった。

五

昨夜の雨は夜半過ぎに止み、その日は朝から晴れ上がっていた。

束《つか》の間《ま》の梅雨の晴れ間だ。おかみさん連中は洗濯をしに井戸端へ向かい、振り売りの男たちは稼ぎ時だと大声を張り上げている。仕事場へ向かうために通りを歩いている職人連中もやけに数が多いように見えた。また特に用はないのに、せっかくの日和だからとふらふら出歩いている年寄りもいた。

そんな中を虎太は脇目も振らず一気に走り抜けた。行き先は古狸である。荒井町の三軒長屋から浅草の福井町まで駆け通しだ。

「あら、いらっしゃい。ええと、近頃よく来る……虎太さんだったわね」

ようやく古狸に着くと、兄弟たちの母親のお孝から声を掛けられた。朝早くから店の前を掃いていたのだ。働き者である。

「ごめんなさいね。まだお店は開けていないのよ」

「は、はい。分かって、ます」

虎太はお孝の前で立ち止まり、はあはあと肩で息をした。苦しくて死にそうだ。

「そ、それより、ええと、あの、お悌ちゃんか……熊蔵さんはいらっしゃいますか」

「誰が熊蔵だ」

店の脇から義一郎が姿を現した。手拭いを持っているので、裏の井戸で顔を洗っているところだったようだ。

「猫太の分際で、勝手に人を見た目で呼ぶんじゃねぇ」

「いや、なんて名だったか頭から抜けちまって。多分、熊蔵で分かると思ったから……それより大変なんだ。俺、死んじまうんだよ」

「ああ？」

「昨夜、お房さんの幽霊に遭っちまったんだ。亀爺の話の通りだった。梯子段をゆっくりと上ってきて、四つん這いで迫ってきたんだ」

義一郎は腕を組み、虎太の頭の天辺《てっぺん》から足先までをじろじろと睨み回した。

「ふうん、それで？」

「目の前が真っ暗になって、次に気づいたら朝だった。すぐに昨夜のことを思い出して、それで怖くなって飛び起きて、ここまで一目散に走ってきたんだ」

「それなら心配ない。お前は誰よりも丈夫だ」

「だけど、俺は今年の一人目だぜ、お房さんの幽霊に遭ったのは。昨日、大家の喜左衛門さんにも確かめたから間違いない。死ななきゃおかしいんだよ」

「それは確かに気になるが、亀爺……じゃなかった、治平さんの話に出てきた人たちはみな、家の中で死体になっていた。朝日とともに起き出して、こんな所まで力いっぱい走ってきたやつなんていやしねぇ。お前は死にやしないよ」

「だって、胸が苦しいし……」

「だから、それは走ってきたからだっ」

義一郎はむっとした顔で怒鳴った。

「もう息も落ち着いてきただろうが」

「ああ、そう言われればそうかも……」

虎太は大きく息を吸い込んだ。もう平気だ。体のどこにもおかしなところはない。あえて言うなら腹が減っているくらいだ。

「……でも、どうして俺は平気なんだろう。お房さんの幽霊に遭ったのに」

「ううむ」

義一郎は首を捻った。考え込んでいるが答えは出てこないようだ。虎太も青空を見上げながら頭を捻る。しかし、幽霊の理屈など少しも分からなかった。そういう気分だったと思うしかない。

「……まあ、いいや。死ななくて済んだのなら悩むことはないな。このまますべてを忘れちまおう」

虎太が呑気な声で言うと、義一郎も大きく頷いた。虎太と同様、この男もあまり深く物事にこだわらない人間らしい。

「それじゃあ、ゆうべは何もなかったということで……」

「おいおい、それだと喜左衛門さんが肝を潰すことになるよ」

店の脇から、今度は礼二郎が現れた。やはり手拭いを持っているので、井戸で顔を洗っていたのだろう。

「あ、おはようございます、狐之助《きつねのすけ》さん」

「誰が狐之助だ。語呂が悪いじゃねぇか。それより虎太、お前は今朝、喜左衛門さんには挨拶をせずにこっちへ来ちまったんだろう。それなら早く戻らなきゃ駄目だ。もし喜左衛門さんが様子を覗きに行ったら、びっくりして腰を抜かしちまう」

「どうして？」

「お前が生きているってことは、そういうことだろうが」

礼二郎は分かり切ったことだろうが、というように、むすっとした顔で言った。何のことだか分からず、虎太と義一郎は顔を見合わせた。


虎太は礼二郎とともに荒井町の三軒長屋に戻った。

裏側へ回ると、一番左側の家の戸が大きく開いていた。虎太が出てきた時のままのようだ。喜左衛門はまだ様子を見にきていないらしい。

「なぁ、虎太。なぜ右側じゃなくて、左側の家に泊まったんだ？」

「えっ？　いや、あれ……」

虎太は口ごもった。幽霊から逃げるためだと古狸の店の者に知られるわけにはいかない。万が一お悌ちゃんの耳に入ってしまったら恥である。それに五日分の飯が食えなくなってしまうかもしれない。

「……どうしてだろう。覚えていないや」

「ふうん。まあ、いい……と言いたいところだが、まったくよくないんだ。お前がそうしたせいで、とばっちりを受けた者がいるわけだからな」

礼二郎は左側の家の裏口へ向かって歩き始めた。すぐに虎太も追いかける。

裏口のそばまで近づいたところで礼二郎は立ち止まった。土間を見下ろしている。そこには瓦灯と火打箱が置かれていた。

「虎太、大事なことだから正直に言えよ。これは初めからここにあったのか」

「いや、右側の家の裏口の土間に置かれていた。昨日の昼間のうちに喜左衛門さんが置いてくれたみたいだ」

「ふむ」

礼二郎は裏口の中を覗き込んだ。梯子段の下の辺りを熱心に見ている。

「桶や盥が山になっているな。積みすぎて崩れている所もあるようだ。もしかしてお前が崩したのか」

「それは俺じゃない。幽霊が二階に現れる少し前に崩れる音がしたから、多分ぶつかっちゃったんじゃないかな。お房さんが」

「そんな不器用な幽霊の話なんか聞いたことないぞ」

礼二郎は戸口をくぐって中に入った。虎太も続こうとしたが、昨夜のお房の姿を思い出して足を止めた。戸口から覗き込んで礼二郎の背中を眺めるだけにする。

「虎太、お前はお房さんの幽霊に遭っても死ななかった。それはなぜか。お前が今年の二人目だからだ」

　礼二郎はそう言うと、積み上げられている桶や盥を手で払った。ががらと大きな音を立てて部屋のあちこちに転がっていく。

「念のために言っておくが、これでも俺はぶつけないように気を遣って桶や盥をどかしたんだからな。さて、喜左衛門さんのところに行って、お役人を呼ぶように頼んでこないとな」

　礼二郎が戸口まで戻ってきた。何のことを言っているのだろうと思いながら虎太は首を伸ばす。すると、梯子段の下の辺りに横たわっている男の姿が目に飛び込んできた。

　本所界隈《ほんじょかいわい》を縄張りにしている岡っ引きによると、三軒長屋で死んでいたのはどこから流れてきた無宿者で、近くのお社《やしろ》や橋の下で寝起きをしていた男だった。時には空き店に入り込むこともあったらしい。特に梅雨時や秋の長雨、雪が降る時季にはそうすることが多かったという。

　その男がよく使っていたのが、あの喜左衛門の長屋だった。とりわけ空き店が多いのだから当然だろう。しかし夜遅くに忍び込んで朝早く出ていったので、喜左衛門はまったく気づいていなかったようだ。

「俺が思うに、その男は、いつもはあの三軒長屋の右側の家ばかりを使っていたんじゃないかな。もし三つを行ったり来たりしていたら、もっと早くにお房さんに遭っていたはずだから」

礼二郎がそう言って、一膳飯屋古狸の座敷にいる者たちの顔を見回した。虎太と義一郎、お悌、そして治平という、いつもの顔ぶれである。

今はもう夕方になっている。死体を見つけてしまったのだから、さすがにさっさと帰るわけにはいかなかったのだ。

あの後、出てきた死体を調べるために役人や岡っ引きが何人も三軒長屋にやってきた。ただ、無宿人のことを土地の岡っ引きが知っていたことと、喜左衛門が役人に顔の利く男だったために案外と調べは早く済んだ。その辺りはさすが何人もの人死にを出している長屋の大家だと虎太は感心した。

だから思ったよりも早く虎太と礼二郎は帰ることができたのだが、それでも古狸に戻った時には昼をとうに過ぎていたのである。

なお、礼二郎がいなくても蕎麦屋はちゃんと開けていた。義一郎とお悌、そしてお孝と三人いるから平気だったようだ。

「……ところが昨夜は、右側の家に忍び込もうとしたら裏口の土間に火打箱と瓦灯が置かれていた。これは誰かが泊まりに来るのかもしれない、とちょっと頭を働かせれば分かる。それで、男は別の所に移ることにした。雨だったから他の長屋へ回ることはせず、手近な所で済ませようと左端の家に入ったんだ。真ん中じゃないのは、すぐ隣だと物音で気づかれるかもしれないと考えたからだろうな。ところが虎太のやつが、そちらへ移ってきてしまった」

「なるほど」

治平がじろりと虎太を睨んだ。

虎太は何食わぬ顔ですっと目を逸《そ》らした。五食分の飯のため、そしてお悌に臆病者だと思われないようにするために、逃げたことを誤魔化し続ける覚悟を決めている。

「虎太の気配を察した男は、慌てて積み上げられた桶や盥の陰に身を潜めた。他に隠れる場所がないのだから、当然の動きだ。幸い入ってきた虎太がぼんくらで、まったく気づかずに二階へ上がっていった。男はすぐにでも出ていきたかったが、暗い中で下手に動くと桶などにぶつかって物音を立ててしまう。だから念のため、虎太が寝入るまで待った。そして、そろそろ平気だろうと思って出ようとしたら……」

「お房さんの幽霊が現れたというわけじゃな」

「男は多分、また隠れたのだと思う。ところがお房さんの幽霊が梯子段を上がる時に姿を見られてしまったのでしょう。虎太が聞いた『ひぃ』という声は、その時に男が漏らしたものに違いない」

「つまり、すんでのところで虎太は難を逃れたというわけじゃな。しかしその代わりに別の者が一人死んでしまった、と」

また治平が虎太を睨んだ。

虎太は、今度は神妙な顔で俯いた。わざとではないが、自分のせいで命を落とした人が出たのだ。さすがに胸に痛みを感じていた。

「……さて、そうなると虎太と約束した五食分の飯はどうするべきかな。義一郎、これはお前さんが決めることじゃが」

「お房さんの幽霊に遭ったのだから、仕方がないんじゃありませんかね」

「ふむ。それなら約束通り、無代で飯を五回食えることになるが……」

虎太はますます深く俯いた。これは頬が緩みそうになるのを見られないようにするためだった。さすがにここで大喜びしたら、身代わりで死んだ男に申しわけない。

「しかし話と違う家に寝泊まりしたのも事実だ。だから、また別の場所に行ってもらおうかな」

「は？」

虎太は顔を上げた。込み上げかけた笑みは瞬く間に引っ込んだ。

「それは、やはり……」

「うむ。もちろんその手の出来事があった場所だ。明日辺り話をしてやるから、虎太もここに顔を出すように。今度は、幽霊を見た人が死んだという話はないから安心していい。ただその幽霊が、どうやら神隠しにあった娘のようなんじゃよ。その長屋には他にも神隠しに遭った者がいるらしい。だから虎太も気を付けるようにな。下手をしたら消えるぞ」

「まあ、楽しみだわ」

お悌がにっこりとほほ笑んだ。

「お、お悌ちゃん……」

多分、お悌は新たな話が聞けるということに対して「楽しみ」と言ったのだろう。しかし口を挟む場所が悪い。それでは虎太が危ない目に遭いそうなことに対して発せられたようにも受け取れてしまう。

虎太は、昨日お悌が自分のことを「猫太」と呼んだことを思い出した。

「あら、どうかしましたか？」

お悌は小首を傾げている。今回も悪意はないらしい。愛嬌に満ち溢れた可愛らしい娘だが、どこかとぼけていると言うか、一筋縄ではいかないところがありそうな子だな、と虎太は感じた。

しかし、だからと言ってこの古狸から足を遠ざける気などなかった。むしろ、お悌や他の兄弟のこと、そして家の事情などを亀爺からもっと詳しく聞かないといけない、と思った。

神隠しの長屋

「ふうむ、ひひほやがふくえひれずにはってひると……はるほど」

深刻そうな話なので、虎太は神妙な顔で頷《うなず》いた。ただし菜飯を口いっぱいに頬張《ほおば》っているせいで、残念ながらその口調からは真面目さが伝わらなかった。

「ほれは、はいへんでほざいはふねぇ」

「お前ね、喋《しゃべ》る時はちゃんと飲み込んでからにしなさい」

目の前にいる治平が顔をしかめている。

一

一膳飯屋「古狸」の中である。昼をだいぶ過ぎているので、虎太と治平の他には、二人しか客はいない。一人は小上がりの隅にいる着流し姿の二本差しだ。年は五十手前くらいか。背筋をぴんと伸ばし、むすっとした顔で団子を食っている。

そしてもう一人は虎太たちの横で蕎麦《そば》を啜《すす》っている、佐吉《さきち》という名の四十くらいの男だった。治平と同じくこの店の常連で、下駄《げた》の歯直しをしながら町を歩いているそうだ。古狸は飯屋と菓子屋、蕎麦屋の三つに分かれているが、一家でやっている店なので、飯屋で蕎麦を注文したり、蕎麦屋で団子を食ったりしても構わないらしい。

「まぁ、何を言っているかは分かるけどよ」

蕎麦を食い終わった佐吉が器を置き、呆《あき》れたような顔で虎太の顔を見た。

「父親が行方知れずになっていると、なるほどそれは大変でございますねぇ、と言ったんだろう？」

虎太は今、常連の二人から古狸一家の事情を聞かされているところである。本来の店主としてこの三つの店を切り盛りしていた兄弟たちの父親の亀八《かめはち》が、半年前から行方知れずになっている、という話だった。

「ふぁい、ほの通りへす」

虎太はもぐもぐと口を動かしながら頷くと、蜆汁《しじみじる》へと手を伸ばした。ずずっと啜る。これに鴫焼《しぎやき》と香の物が付いて二十四文であるが、今日は約束通り無代《ただ》で食っている。そのことで多少の遠慮もあるし、話の内容も深刻なので真面目な顔つきを作っているが、あまりの美味《うま》さに頬が緩《ゆる》みそうだった。

「……長男の義一郎さんと次男の礼二郎さんは元々それぞれの店を手伝っていたから、そのまま飯屋と蕎麦屋の店主に収まった、と。そういうわけですね」

蜆汁と一緒に菜飯を飲み込み、ようやく口の中が空になった。虎太は続けて鳴焼に手を伸ばそうとしたが、治平にじろりと睨《にら》まれたので、渋々といった感じで手を引っ込めた。

「うむ、そういうことじゃ。それで住み込みで菓子職人の修業をしていた三男の智三郎も呼び戻して真ん中の店を手伝わせているのじゃが、あいつはまだ十七で、覚えねばならないことがたくさん残っているからな。朝はここでお孝さんと一緒に菓子を作り、その後で修業先へ出かけるという暮らしをしている。事情が事情だけに、先方もそういう風にするのを許してくれたのじゃ。修業先は同じ浅草の田原町《たわらまち》で、さほど遠くないからできることでもあるが」

「いやぁ、それでもご苦労な話だ」

虎太が初めて古狸を訪れた時、智三郎はここで飯を掻《か》き込んでいた。夜の五つ半過ぎだ。融通を利かす代わりに、晩飯はこちらで食うという取り決めにしたのだろう。きっと田原町の菓子屋では、智三郎は他の者が晩飯を食っている間も一人で片付けをしたり遅れた分の修業をしたりと忙しく働いているに違いない。

――鼠《ねずみ》に似ているだなんて思ってしまって御免よ。

虎太は心の中で謝った。もう少し印象のよい別の生き物を考えてやるべきかもしれない。

しかし「独楽鼠《こまねずみ》のように働く」という言い方があるのだからやっぱり鼠だろうとも思った。しばらくの間は鼠小僧で構うまい。

「なるほど、兄弟三人にそれぞれの店を任せて、お悌ちゃんはその三つをうろうろしている、というわけですね。智三郎が十七ということは、ええと、お悌ちゃんは……」

「一つ上だから十八じゃな」

「へえ」

番茶も出花という言葉があるように一番いい年頃だ。ましてやお悌ちゃんは、番茶どころか玉露である。俺は二十歳《はたち》だから年回りもちょうどいいな、と虎太は心の中でにんまりした。

「……しかし、そうなると上の二人とは離れていますね」

「義一郎と礼二郎か。確かに少し間が空いているが、お悌ちゃんとは四つ違いだから、離れているというほどでもあるまい。礼二郎が二十二で、義一郎がその一つ上の二十三じゃ」

「ええっ」

三軒長屋でお房の幽霊や男の死体を見た時よりびっくりした。礼二郎は二十七、八くらいに思っていた。義一郎に至ってはどう見ても三十過ぎだ。

「母親があのお孝さんなのだから、そんなに驚くほどのことはあるまい」

お孝は体つきにこそ貫禄があるが、顔の見た目は四十くらいである。

「いや、それはそうなんですけどね。亭主の連れ子とか、あるいは養子とか、色々ごちゃごちゃしたものがあるのかと……」

「四人とも亀八さんとお孝さんの子だよ。さすがに親子だというくらいそっくりだ。面差しだと、義一郎とお悌ちゃんがお孝さんに、礼二郎と智三郎が亀八さんに似ているかな。中身の方も、みんなお孝さんのよいところを継いで働き者だ。もちろん四人それぞれが亀八さんに似ている面も持っている。まぁ、中身が特に亀八さんに似ているのはお悌ちゃんだが。虎太は亀八さんに会ったことがないから分からないだろうがね」

「はあ、それはぜひともお会いしたいものです。しかしその亀八さんは今、行方知れずになってしまっている。そいつは一大事だと思うのですが、そのわりにあまり大騒ぎになっていないような気が……」

「町役人に届けたり、儂《わし》や佐吉さんなど店の常連が探し回ったりしたよ。しかし幼い子供ならともかく、いなくなったのは五十になる男だからね。騒ぎというほどのことにはならなかった。もちろんお孝さんは今でも気が気じゃないだろうが、それよりも暮らしのこと、つまりこの店をどうするか、ということを先に考えたようじゃ。幸い子供たちがしっかりしていたこともあり、商いの方はそれなりにうまくやっておる」

「それはよござんした」

虎太はほっとした。それと同時に、心の中に嫌な疑念が湧《わ》いた。五十男がいきなり行方知れずになったのだ。まず頭に浮かぶのは、借金で首が回らなくなって逃げた、ということである。しかしそれなら借金取りが古狸に現れそうだが、どうも来ていないようだ。だから多分、それはない。そうなると次に考えられるのは女だ。若い……とは限らないが、とにかく余所《よそ》に女を作り、手と手を取り合ってどこかへ逃げてしまった……。

あんなに素晴らしいおかみさんと可愛らしい娘さんがいるというのに碌《ろく》でもない野郎だ。もし会ったらこの俺の手で……。

「……おい虎太。言っておくが亀八さんは、女と逃げたりするような男ではないぞ。そんなことを考えているとお悌ちゃんに嫌われるよ」

「はっ……何をおっしゃいます。俺はそんなこと、これっぽっちも……」

「嘘をつけ。お前はすぐ顔に出るんだよ。これほど分かりやすい男を、儂は見たことがない」

横で佐吉も頷いているから、きっと治平の言う通りなのだろう。

今お悌は菓子屋の方にいるが、いつこちらの飯屋に現れるか分からない。虎太は慌てて二人の前に手を突いて頭を下げた。

「あの……このことは何卒《なにとぞ》、お悌ちゃんにはご内密に……」

「いいや、まかりならん。貴様のような汚らわしい男がお悌ちゃんのそばをうろつくなど、考えただけでも虫唾《むしず》が走るわ。儂の目の黒いうちはこの古狸の敷居を跨《また》がせぬから、左様心得ておけ……と言いたいところじゃが、今度ばかりは見逃してやる。実は儂も疑ったことがあるからね」

「へ？」

虎太は顔を上げて治平を睨み付けた。

「何だ、お相子《あいこ》じゃありませんか」

「うむ。しかし儂がそう思ったのはかなり昔のことじゃ。まだ四人の子供たちが小さかった頃だな。亀八さんという人は、たまにふらふらとどこかへ出ていってしまう癖があったのだよ。この町に来た時もそうだった。ああ、まだ言っていなかったが、亀八さんは入《い》り婿《むこ》なんじゃ。古狸は元々、お孝さんの亡くなった両親……仁兵衛《じんべえ》さんとお信《のぶ》さんの二人がやっていた飯屋でね。お孝さんは今のお悌ちゃんのように看板娘だった。ところがふらっと現れた男と一緒になったものだから、この町の若者はだいぶ荒れたよ。儂はその頃はもう四十を超えて女房も子供もいたから、にやにやと眺めていただけじゃが……とにかく亀八さんはそんな人だったから、どこかへ出歩いてもお孝さんは特に気に留めていなかった。じゃが、儂はお前と同じように女を疑ってね。古狸の常連として放ってはおけないと考え、ある日こっそりと後をつけたんじゃ。すると亀八さんは、ある裏長屋へと入っていった。その前に表店《おもてだな》の家に行き、長屋の大家らしき男に菓子を渡していたかな。それから裏長屋のある部屋の前へ行き、にこにこしながらそこへと入っていった……」

「そ、それは……やはり女の元へ通っていたのでは」

「儂もそう思った。だからすぐに部屋の戸を開けて中を覗《のぞ》いたんじゃ。あまり間を空けると、気まずいことになりかねないからね。ところがそこは空《あ》き店《だな》だった。何もない部屋の中にぽつりと亀八さんがおって、儂を見てにやにやしていた。どうやら後をつけていたのがばれていたようなんじゃよ」

「ううむ」

つまり、誤魔化《ごまか》すために女の住む所ではなく別の部屋に入った……いや、治平の口調から考えるとそうではないようだ。

「儂は戸惑いながら、この部屋は何なのかと亀八さんに訊《たず》ねた。すると驚くべき答えが返ってきた。なんとそこは、少し前に殺しがあった部屋だったんじゃよ。部屋に住んでいた男が、押し入ってきた何者かに刺し殺されたらしい。死んだ男は賭場《とば》に出入りしていたようだから、どうもそちらの方で何か揉《も》め事《ごと》があったのではないか、という話だった」

「はあ。しかしなぜ亀八さんはそんな部屋に……」

「幽霊が出るかもしれないから見に来た、と言っていたよ」

「へ……いや、まさか」

虎太の頭に、三軒長屋で遭ったお房の幽霊の姿が浮かんだ。あんなものを、大家への手土産まで携えて見に行こうという者がいるなんて、俄《にわ》かには信じられなかった。

「ところが本当らしいな。儂に話したことで亀八さんは箍《たが》が外れたというか、堂々と行く先を告げて出歩くようになってね。それが殺しのあった家とか、誰かが首を吊《つ》った木のある雑木林、身投げの出た橋の下などだったんだよ。神隠しに遭って子供がいなくなった家なんかもよく訪れていたかな。それから、鈴ケ森《すずがもり》や小塚原《こづかっぱら》に出かけることも多かった」

「うへぇ」

どちらも仕置場がある場所だ。

「亀八さんはそういうのが好きな人だったんじゃやな。それから十数年、行方知れずになる半年前までずっと、あの人はそんな場所ばかりをふらふらと歩き回っていたよ。さて虎太、ここまで話せばお前が今なぜ無代で飯を食えているのか、そのわけも分かっただろう」

「へ？」

虎太は目の前に置かれた膳を見た。そう言えばまだ鳴焼が残っていたな、と手を伸ばして口へ運ぶ。美味い。

「その様子では分からないようじゃやな。ちゃんと順を追って話さないと駄目か……亀八さんがそういう人だったのは分かったな。その亀八さんが行方知れずになった。お孝さんは自分がしっかりしないといけないと思っているのか、鷹揚《おうよう》に構えてあまり亀八さんのことは口に出さないが、子供たちの方は心配して、何とか捜《さが》し出そうとして色々と動いている。しかし、ただあちこちをほっつき歩くだけでは、なかなか見つかるものじゃないからね。亀八さんが訪れそうな場所を捜すことにしたんじゃ」

「はあ、なるほど」

そこまで言われれば、さすがの虎太も頷けた。幽霊が出そうな場所に行けば亀八と会えるかもしれない、ということだ。

「だから怖い話や不思議な話を聞かせると無代になるのか」

幽霊が出た場所、あるいは幽霊に遭った人がはっきり分からないと駄目、というのも頷ける。

「この古狸には三つの店がある。義一郎が飯屋を、礼二郎が蕎麦屋を、お孝さんが菓子屋をやって、お悌ちゃんが三つの店すべてを手伝う。これでほとんど困ることなくやっていけるのだが、店をやりつつ亀八さんを捜すには、もう一人いた方がいい。それで智三郎を呼び戻したのじゃ。ところがあいつは亀八さんと違って、その手の話が大の苦手でね。自分はまだ修業中の身だからとか言って、今の形にしてしまったんだよ。結局、義一郎と礼二郎が交代で幽霊が出そうな場所へ行くようになったんだが、さすがに店をやりながらだと大変だろう。ただ、そうかといってそんなことを頼める人などそうそう見つからない。そこで看板娘のお悌ちゃん目当てにふらふらと店へ入ってきた暇そうな若者を捕まえて、そういう場所へ行かせてみることにしたんだ。飯を無代にしてやると言ってね」

「ははっ、その程度のことでおっかない場所に行くなんて、そんな間抜けな野郎がこの世の中に……」

そこまで言いかけて虎太は口を噤《つぐ》んだ。いる。鏡で見たことがある。

「虎太の前にも、この半年で三人いたよ。幽霊に出遭った者はいなかったが、それでもみな、ひと晩で音を上げてこの店に来なくなった」

「けっ、情けねぇな」

俺は幽霊を目《ま》の当たりにし、その上あわや命までも落としそうになったというのに、今こうして古狸で飯を食っている。

「その連中、お悌ちゃんと飯への思いが足りていねぇな」

「うむ、お前は大したものじゃ。しかも、その手の場所へたくさん足を運んでいたあの亀八さんでさえ本物の幽霊には遭ったことがないと言っていたのに、それをわずかひと晩で引き当ててしまったのだからな。まったく運がよい」

「いや、とびっきり悪いと思うけど……」

伊勢崎町の店を追い出されてからこっち、よいことなど起きていない。

「ああ、でもお悌ちゃんに出会えたのだから、やっぱり物凄《ものすご》く運がいいのかな。幽霊にまで出遭っちまったのは、勢い余って、という感じで……あれ、ちょっと待ってくれよ。俺があの三軒長屋へ行ったのは、亀八さんを捜すためってことだよな」

自分と同じように幽霊見物に訪れた人がいないか調べるように、と言われていたのはそのためだ。

「もちろんその通りじゃよ」

「だったら、わざわざお房さんの幽霊に遭わなくてもよかったんじゃ……」

「うむ。それもお前の言う通りじゃ。幽霊見物に訪れた人がいないか訊《き》き、もしいたら人相風体やいつ来たのかも調べる。いなかったらその場所に泊まり込んで、亀八さんらしき人がやってこないか見張る。それが本当の役割なのじゃよ。三軒長屋の時も、実は前もって儂が大家の喜左衛門さんに訊ねておいたし、もしかしたらいずれ来るかもしれないからと亀八さんの人相も教えておいた。だから泊まり込むまでのことは無理にしなくても構わなかったんじゃ」

「ひ、酷《ひで》ぇ……」

「ただし、今回はお前の度胸試しも兼ねていたからね。黙っていたのじゃ。しかし見た者が命を落とすという幽霊だから、念のため違う家を教えておいたのじゃよ。それなのにお前ときたら、わざわざ幽霊の出る家へ逃げるという愚かなことを……」

「むむっ」

亀爺許すまじ。この恨み、晴らさでおくものか……と虎太は怒りに身を震わせた。するとと手に持っていた鴫焼の味噌《みそ》が垂れそうになった。慌てて口へ持っていき、ぱくりと齧《かぶ》りつく。美味かった。

もう過ぎたことだし、これを無代で食えたのだからどうでもいいや……と虎太はあっさりと治平を許した。

「つまりだね、虎太。話をまとめると、この古狸では幽霊が出てきたり不思議だったりする話を集めている。行方知れずになった父親を捜すためなのだから、細かい場所やその出来事に遭った人物が分からないと駄目だ。これができれば、まず一食分が無代で食える。そして、話に聞いた場所へ赴き、最近そこへ幽霊見物に訪れた人がいないか調べる。いれば当然その人物を捜すことになるが、まだ訪れていなかった場合は、これから亀八さんが来るかもしれないので、その場に留まってしばらく見張る。まぁ、あの三軒長屋のように大家や他の住人がいるなら、頼んでおけばいいだけの話ではあるが。しかし、なるべく多くの人に亀八さんのことを訊いたり頼んだりしておきたいから、ひと晩かふた晩は泊まりになるだろう。遠い場所だったりすることもあるからね。これができれば、やはり飯が無代になる。一泊につき一食分だ。さあ虎太、どうだね。お前なら続くと思うが、やってみないか」

「いやぁ……」

さすがにお房の幽霊に襲われた後だ。いくら向こう見ずなところがある虎太でも、そう容易《たやす》く頷けるものではない。

「年がら年中そんな場所が見つかるわけではないからね。日頃はいつも通り口入れ屋に顔を出して仕事を見つけ、稼いでいてもいいんだよ。こちらはたまに手伝うだけでいいんだ」

「そうかと言って……」

「実は、暇そうな若者に行かせればいいじゃないかと言い出したのは儂なんじゃ。だから泊まりになった場合、その間の飯代や風呂代など、かかった分の銭は儂が出すよ。その上でこの古狸の飯も無代になるんだから、悪い話ではあるまい」

「ううむ、確かに……いや、でも……」

「もし亀八さんが見つかったら、お悌ちゃんが喜ぶよ」

「やりましょう」

虎太は大きく頷いた。お悌ちゃんと飯への思いは誰よりも深いのだ。

「幽霊が出たという場所へ行くのは、この俺が一手に引き受けようじゃありませんか」

「おおっ、そいつはありがたい。それじゃさっそく話を始めようか」

「は？　年がら年中見つかるわけではないって、さっき……」

「昨日話しただろうが、神隠しにあった人らしき幽霊が出る長屋があるって」

「……ああっ、忘れてた」

ここへ来るまでは覚えていた。そのため、足取りがだいぶ重かった。しかし店に着いてお悌ちゃんの顔を見たらそんな気分は豆粒ほどに小さくなり、美味い飯を食った今は、すっかり消え去っていた。

「お悌ちゃんの手が空いているといいが」

顔をしかめている虎太を尻目に治平が呟《つぶや》き、お悌を呼んでくるために立ち上がった。

二

「……これは、下谷《したや》の坂本町《さかもとちょう》にある長屋で起きた出来事なんだけどね」

治平が一同の顔を見回しながら、重々しい口調で話し始めた……と言っても聞いているのは虎太とお悌だけだ。佐吉は下駄の歯直しの仕事に出ていき、もう一人いた二本差しの客もふらりと去っていった。それで他の客がいなくなったので義一郎もいったんは座敷に上がったのだが、別の客が一人入ってきたので、料理を作りに奥へ引っ込んでいる。

「そこは大家が八五郎《はちごろう》さんというので八五郎店《だな》でも通じるのじゃが、そばに大きな松があるので、土地の者はみな大松《おおまつ》長屋と呼んでいるそうだ。しかし、口さがない者はそこを『神隠しの長屋』と呼んでいる。なぜならそこでは、これまでに若い女が二人、幼い女の子が一人行方知れずになっているからなのじゃよ」

初めにいなくなったのは「おきよ」という、まだ五つの女の子だった。今から十年も前の話である。おきよは母親が少し目を離した隙《すき》に、忽然《こつぜん》と姿を消したという。すぐに大騒ぎになって町中の者が総出で探し回ったが足取りはつかめなかった。近くの川や沼、池なども浚《さら》ったが、やはり見つけることができなかった。おきよは今もって行方知れずのままだ。

おきよの件は、恐らく神隠しに遭ったのだろうと噂《うわさ》された。しかし、その頃はまだ長屋全体がそう呼ばれることはなかった。

次にいなくなったのは「おその」という娘だ。三年前の話で、年はその時で十七だった。元々おそのの一家は浅草の聖天町《しょうでんちょう》で瀬戸物屋をしていたが、それより一年ほど前にその大松長屋の表店へ越してきていた。

姿を消した日、おそのは聖天町にいた頃に通っていた三味線の師匠が故郷に帰るというので、一緒に稽古《けいこ》をしていた仲間たちと千住大橋《せんじゅおおはし》まで見送りに行っていた。

行方が分からなくなったのはその後だ。他の者たちは今も浅草の辺りに住んでいるので、一人だけ坂本町へと戻っていくおそのへ向けて、みんなで手を振った。しかしおそのは家に辿《たど》り着くことなく、そのまま消えてしまったのである。

坂本町の辺りは通り沿いにこそ家屋があるが、ちょっと脇道に入ると寺ばかりになり、その先は田圃《たんぼ》が広がっているという寂しい場所だ。おそのらしき娘が歩いているのを見たという者もいないわけではなかったが数は少なく、足取りを追うことはできなかった。

おきよと同じく、おそのも今もって見つかっていない。しかし十七という若い娘のことなので悪い男に拐《かどわ》かされたのではないかと考えた者が多かったのか、この時は神隠しという言葉で語られることはあまりなかった。

そして三人目は「おりん」という名の女だ。姿を消した時、年は二十三だった。十八の時に一度大きな商家へ嫁に行ったがなかなか子供ができず、そうこうするうちに亭主が余所の女を孕《はら》ませてしまったので離縁されてしまった、という女である。ただ、亭主の方も少しは悪いという気持ちがあったようで、別れる際にそれなりの金を渡してくれていた。それでおりんは、狭くてじめじめしている裏店《うらだな》だと気分が滅《め》入《い》ってしまうから、と大松長屋の表店の方に家を借りて暮らしていたのである。

そのおりんが消えたのは、おそのが行方知れずになってから一年ほど経ってからのことだ。亭主の家から金を貰ったとはいえ、先々のことを考えると心許《こころもと》ないので、おりんは少し離れた寺の境内にある水茶屋で働いていた。いなくなったのはその帰りのことだ。おりんが家とは違う方へ歩いていくのを水茶屋の主がちらりと見ていたが、やはりその後の足取りはまったく分かっていない。

おりんに関しては言い寄ってくる男がいたらしいという話もなくはなかった。しかし、おそのが消えてからまださほど経っていなかったので、「あの長屋は何かあるのではないか」という噂が立った。そしてその噂から、さらに前にいなくなっていたおきよの件が人々の頭の中に呼び起こされ、結果、大松長屋は陰で「神隠しの長屋」と呼ばれるようになったのである。

「……と、ここまでは前置きじゃ。これまでにその長屋に住んでいた者が三人いなくなっている、ということは分かったね。儂が聞き込んできたのは、その中の一人の、おそのらしき者の姿を見た人がいるという話だ。三味線のお師匠さんを千住大橋へ見送りに行った後に消えてしまった娘じゃな。長屋の表店を借りて蠟燭屋《ろうそくや》を始めた男が見たそうなんじゃが……」

大松長屋は裏店を挟んで両側に表店が四軒ずつ建っている。表店はどれも二階家で、間にある裏店は平屋の棟割長屋だ。だから表店の二階の窓から覗くと、裏店の柿《こけら》葺《ぶ》きの屋根の向こうに反対側の表店の窓が見える。

ある日、蠟燭屋を始めた男が仕事の合間にちょっとした用があって二階に上がり、ふと窓から外を見ると、反対側の表店の二階の窓も開いていて中がよく覗けた。そこはあの、おそのが住んでいた家だった。

男がそこで商売を始めたのは、おそのがいなくなった後のことだった。だからおそのの顔は知らなかったが、行方知れずになった娘がいる家だというのは耳にしていたので、何となくしげしげと見つめてしまった。家の者は一階にいるのか、男が見た時には部屋に誰もいなかった。

ところが、少しすると若い娘が部屋に入ってきた。年の頃は十七、八くらいだ。裏店の屋根越しに眺めているので少し離れているが、それでもなかなかの別嬪《べっぴん》だと分かった。

若い娘は窓へと近づいてきて、外を覗いた。男の方ではなく別の所を見ていたらしいが、その横顔を見ながら男は、歯の根も合わぬほどにがちがちと震えたという。

「……男はそれからいくらも経たぬうちに店を畳んで引っ越していった。他の場所で商売をやることにしたようじゃな。まぁ、そういう話じゃ」

治平は用意してあった団子へと手を伸ばした。

「……えっ、まさか終わりですかい」

虎太は頓狂《とんきょう》な声を上げた。いつ怖くなるのだろうと怯《おび》えながら聞いていたのに、これでは拍子抜けもいいところだ。前置きの方が長いではないか。

「うむ、分かっているのはこれですべてじゃ。蠟燭屋の男は詳しいことを一切語らずに出ていってしまったのだよ。なぜなら、おそのの両親はまだそこに住んでいて、娘が帰ってくるのを待ち続けているからなのじゃ。一人娘だったからね、諦《あきら》めることなどできないのじゃろう」

なるほど、と虎太は頷いた。娘の幽霊を見た、などとわざわざ吹聴して回って、おそのの両親をいたずらに悲しがらせることはない。

「……しかし今の話だと、その蠟燭屋が見た娘がおそのさんだとは限らないのではありませんかい。いや、そもそも幽霊ですらないんじゃ……。仕事の合間ってことだから、その娘を見たのは昼間のようだ。それなら幽霊ではなく、生きている娘だったのでは……」

男はおそのの顔を知らなかった。年回りが同じくらいの若い娘がいたというだけの話である。たまたま来ていた親戚の子とか、用があって入ってきた近所の女と見間違えた、なんてことも考えられる。

「ところがね、男はひと目見ただけでそれが幽霊だと分かったらしいのじゃ」

「ど、どうして？」

虎太が訊ねると、治平は首を傾げた。

「さて、なぜだろうな。さっきも言ったように、男は詳しいことは語っていない。出ていく際に大家の八五郎さんにだけは理由を話したが、若い娘の幽霊を見た、としか告げていないそうだ。さあ虎太、そこでお前の出番じゃ。今からちょっとその大松長屋へ行って、それがおそのさんの幽霊か確かめてきなさい」

「えっ、お、俺が?」

「当たり前じゃ。そういう場所へ行くのは引き受けると言っていたじゃないか」

「い、いや、そうなんですけどね……でも、これは亀八さんを捜すためにしていることだから、わざわざ幽霊を見るまでのことはしなくていいんじゃありませんかい」

「儂はこの話を八五郎さんから聞いた。その際にもう、亀八さんが長屋を訪れていないか訊ねているんじゃよ。よく覚えていないが、おきよという子がいなくなった十年前にそのような風体の者が来たような気がする、という答えだった。しかしこの半年の間は訪れていないそうじゃ。もちろん儂は、これから現れるかもしれないので、その時は知らせてくれるよう頼んでおいた。だから亀八さんを捜すためだけなら、もう大松長屋に行く必要などないのじゃよ。しかしね、そうしてやる代わりに、と八五郎さんからあることを頼まれたのじゃ。それが、蠟燭屋の男が見た幽霊がおそのなのかどうかを確かめることなのじゃよ」

「そっとしておけばいいのに」

「うむ。その男はおそのの両親の気持ちを慮《おもんぱか》って、あまり語らずに出ていった。それは正しい考えだと思うよ。しかし一方で、もしおそのが死んでおり、幽霊となって迷っているなら、どうにかしてやるべきなのではないか、という考えを持つ者もいる。八五郎さんがそうなんじゃ。もちろん八五郎さんだって、おそのが生きていてくれればいいと思っている。だからこそ、まずは確かめたいということじゃな。大家をしているから、おそのであろうと誰であろうと、長屋に幽霊が出たらまずいという思いもあるのだろう。まだ蠟燭屋の男が住んでいた家は空き店じゃ。そこをしばらく使わせてもらえることになったから、どんな幽霊が出てくるのか見張っていてくれ。あ、長屋の他の住人には亀八さんのことを訊かなくていいからな。おそのの両親の気持ちを考えねばならないことには変わりがないからね。妙な噂が耳に入ることは避けたい」

「は、はあ……」

虎太は困り果てた。亀八が現れるかどうかを見張るのが本来の目的であるはずだ。それが今回は幽霊の見張りになってしまっている。先ほど「この俺が一手に引き受けよう」と言ったのは、あくまでも「幽霊が出たという場所へ行く」だけのことだ。そこで幽霊を見る気はさらさらない。怪しい気配を少しでも感じたら、逃げるか目をつぶり耳も塞《ふさ》いでやり過ごすつもりだった。

ただでさえその手の話は苦手だったのに、前回のお房の幽霊のせいでますます嫌になった。できるなら断りたい。しかし今は、すぐ横にお悌ちゃんがいる。「あら、虎太さんって案外と怖がりなのね」などと思われるのも嫌だ。さて、どうするべきか……。

治平は虎太が迷っていると感じたらしく、諭すような口調で話を続けた。

「我々が赴くのは、幽霊が出たり誰かが神隠しに遭ったりしている場所だ。住人や近所の者、大家にしてみれば迷惑この上ないし、どうにかしたいと悩んでいるに違いない。たとえ行方知れずになった亀八さんを捜すためとはいえ、そういう所へのこのこと出かけていくのは、かなり失礼なことだと思わねばいかん。だからこそ、今回のように何か頼まれ事をしたら力を貸すべきだし、そうでなくとも住人たちの悩みを消すために我々にできることはするべきだと思うのじゃよ」

「ううむ……」

治平の言うことはよく分かる。虎太だって、困っている人がいたら当然助けるべきだと思う。これまでだってそうやって生きてきたつもりだ。しかし、幽霊が絡んでいるとなると話は別である。ましてや今回の件には、気になることがある。

「蠟燭屋は、なぜひと目見ただけで幽霊だと分かったんだろうな……」

どうしてもそこが引っかかる。多分、生きている人間とは違う部分があったからだろう。例えば透けているとか、宙に浮いているとかだ。

その程度なら許せる。もちろん怖いが、まだ昼間だ。離れた所からなら、その姿をこっそりと眺めることくらいはできそうだ。しかし……。

「よっぽど見た目が凄かったんじゃないかしら」

お悌が口を挟んだ。表情はいつもと変わらない。

「別嬪だと感じたそうだから、きっと顔は何でもないと思うわ。でも体じゅうが血まみれだとか、はらわたを引きずっているとか……」

「お、お悌ちゃん……」

虎太が恐れていることを、あっさり口に出してくれた。しかも満面に可愛らしい笑みを浮かべながら、である。

「坂本町ならここからさほど離れてないし、お化けは昼間でも出るみたいだから何も泊まりじゃなくても構わないのでしょう。それなら、あたしが行ってもいいわね。虎太さんはあまり気が進まないみたいだし……」

「おおお、お悌ちゃん、ちょ、ちょっと……」

虎太は慌てた。お悌と年が同じくらいのおそのを含む、三人もの女がいなくなっている長屋である。そんな場所へ行くと言い出すなんて……しかも笑顔で。

「お悌ちゃん、団子をもう一本貰えるかな。それと、お茶もお代わりだ。思い切り熱いのを持ってきてくれ」

治平が落ち着いた様子で頼んだ。お悌はいつも通り愛想よく返事をし、軽く跳ねるような足取りで店の奥へ消えていった。

「……おい虎太、お前がぐずぐずしているからお悌ちゃんが行く気になっちまったじゃないか」

お悌を見送るとすぐに治平が顔を近づけてきて虎太に言った。

「いや、だって、まさかお悌ちゃんが……」

「さっき言っただろう、亀八さんに中身が最も似ているのはお悌ちゃんだと。あの子は小さい頃から、亀八さんがその手の所に行こうとすると、やたらとついていきたがったんだよ。亀八さんも断り切れずに何度か連れていったことがある。幽霊が出るという噂のある場所、それから鈴ヶ森や小塚原へね。お悌ちゃんは平気な顔で、ずっとにこにこしていたそうだ」

「うわぁ……」

「今だって、あれは決して冗談で言っているわけじゃないよ。お悌ちゃんは本気で坂本町へ行く気だ。さすがに神隠しの長屋なんて呼ばれている場所へ行かせるわけにはいかない。虎太、すぐに坂本町へ向かいなさい。お悌ちゃんは儂が何とか引き留めるから」

「は、はい」

「昼間だけじゃなく、泊まり込んで夜も見張るんだ。幽霊の顔を確かめるまで帰ってくるんじゃないよ。それと、お悌ちゃんがこっそり見物に行っちまうかもしれないから、それも見張るように」

虎太は立ち上がり、急いで外へ飛び出した。躊躇《ためら》っている暇などなかった。

三

「……はあ、なるほど。確かにここからだと向こう側の表店がよく見えるや」

蠟燭屋の男が住んでいた家の二階の窓から外を覗いた虎太は、がっかりしながら呟いた。

この大松長屋は、脇にある寺へと続く通りに面している表店が四軒、平行している裏通り側にもやはり四軒建っており、その間に平屋の裏店が挟まれているという造りになっていた。この辺りは治平から聞いた話のままだ。

遠目だからきっと幽霊が出てもはっきりとは見えないだろう、などとここへ来るまで虎太も考えていたが、残念ながらその期待は外れた。裏店は棟割長屋が二棟並んでいるが、それぞれの棟の長さがさほどなかったのだ。多分、九尺二間の部屋が一棟につき四つくらいしか入っていない。向こう側の表店は思っていたより近くにあった。しかも梅雨時だというのに雨が止《や》み、雲間から日まで差しているので、明るい日に照らされてますますよく見えている。

さらに言うと、虎太はやたらと目が利く男なのである。脇の寺の境内にある木にとまっている鳥の姿や、長屋の南側の木戸口を出てすぐの所に落ちている犬の糞までくっきりと見えるし、少し離れた所にある商家の看板の字もしっかりと読める。この分だと、もし幽霊が出たらはっきりと見えてしまうに違いない。

「おそのちゃんの家はあそこだよ」

案内してくれた八五郎が囁《ささや》くように言って、窓の外を指差した。

小さい声で喋っているのは、長屋の住人たちに二人の話が聞こえないようにしているためだ。おそのの幽霊を見に来た男がいる、などということが知られ、それがおそのの両親の耳に入ったりしたら大変だからである。

そのため虎太は、空き店を探しに来た男ということになっていた。修業を終えて親方の元から独立した若き檜物《ひもの》職人で、数日ここへ泊まり込んで住み心地や仕事場として適しているかどうかを確かめる、という体《てい》だ。やけに余裕のある男である。

本当は修業半ばで追い出され、その日暮らしを続けている者だけに少々恐縮ではあるが、悪くない気分だった。せっかくだからここにいる間はそういう人物になりきろうと思った。

「ええと、一番左の端でございますね」

虎太も小声で言い、八五郎の指す家を眺めた。長屋全体で言うと、南東の端に当たる場所にある家だ。

「ちっ、今は障子戸が閉まっているな……」

虎太は残念がった。どうせ幽霊を見なければならないのだから、八五郎がいるうちにさっさと出てほしいと思っていたのだ。虎太がいるのは長屋の北側の通り沿いに並んでいる表店の、東から二軒目の家である。一軒分だけ斜めに見る形になっているが、ほぼ正面と言っていい。北向きの窓を通して薄暗い家の中を覗くことになるので見づらいのは確かだが、それでもやたらと目が利く虎太なら、障子戸が開いていれば中の様子が分かったはずだ。

「それじゃあ、儂は自分の家に戻るからね。幽霊の顔を確かめに来たということは、くれぐれも他の者には知られないように」

念を押すように八五郎が言った。この大家は元より気難しそうな顔をした年寄りであるが、その顔をさらにしかめて虎太を眺めている。あまり信用ができない人間と見ているらしい。

「それと、お前さんがここに泊まっている間の店賃《たなちん》は日割りで貰うということにしておく。もちろん実際にはそんなものは取らないが、もし他の住人と顔を合わせたら、そう答えておくようにな。とにかく、怪しまれないようにすることだ」

「へえ、承知いたしやした。なぁに、心配いりませんよ。このあっしにすべて任せて、大船に乗ったつもりでいてくだせぇ。ははは」

相手を安心させて信用を得ようと思い、虎太はわざと軽い口調で返事をした。しかしそれは裏目に出たようだった。八五郎は胡散臭《うさんくさ》い者を見るような目付きで虎太をじろりとひと睨みした後で、首を傾げながらすぐ脇にある梯子段《はしごだん》を下りていった。

——ありゃ、もっと畏《かしこ》まった感じで言った方がよかったかな……。

虎太は頭を掻いたが、まあいいやとすぐに目を窓の外へ戻した。

三軒長屋へ行った時と比べると今の虎太の心には多少のゆとりがある。あのお房の幽霊はさすがに酷《ひど》すぎた。何しろ、見れば死ぬ、という代物だったのだから。十年の間に三人も神隠しに遭っている長屋だというのは不気味だが、いなくなったのは女ばかりだ。虎太は誰がどう見ても男なので、その点では安心である。

もちろんここへは幽霊の顔を確かめに来ているわけで、それは正直に言うと怖い。しかし今回は、ここを見張るのは昼間だけになりそうだ。梅雨時だから、おそのの家も多分夜は雨戸を立てるだろう。

――ううむ、改めて考えてみると楽な仕事かもしれないな。

いきなり飛び出してきたので今夜の飯代などは自分で払わねばならないが、きっと後で治平から貰えるだろう。その上、泊まった分の日数分だけ古狸の飯が無代で食える。

しかも虎太が住んでいる久松町の裏店に比べると、ここは表店だけあってかなり広い。それだけでも住み心地が違う。さすがに何十日も居座ることはできないが、なるべく長くここで過ごしたいものだ、と思いながら表を眺める。

自分の家に戻っていく八五郎の後ろ姿が見えた。この男が住んでいるのはおそのの家と同じ南側にある表店のうちの一軒だ。おそのの家は東の端だが、八五郎の家は西端である。

表店に挟まれて二棟並んでいる棟割長屋の建物は長屋の敷地の東側に寄っている。

西側は少し空いており、そこに厠《かわや》や掃《は》き溜《だ》め、物干し場、井戸などがあった。八五郎はその井戸のすぐ向こうにある家の裏口へ入っていった。

虎太はおそのの家の方へと目を向けた。二階の障子窓はまだ閉まっている。ほっとしながら、さらに目を動かす。

長屋の東側にある板塀《いたべい》の向こうは寺の境内だった。大きな松の木が、枝をこちらに張り出すような形で立っているのが目に入る。ここが大松長屋と呼ばれているのは、どうやらこの木が由来らしい。

——ふむ、悪くない眺めだ。

その東側に建つ寺の他にも、周りには寺社が幾つもあるようだった。こうして二階から外を見ると、木々の緑が多く目に飛び込んでくる。虎太が住んでいるひと月三百文の裏店はそもそも窓などないし、出入り口の戸を開けるとすぐ目の前は向かいの部屋の戸だ。雲泥の差がある。

——もっとも、この大松長屋の裏店も俺の所と似たようなものだけどな。

そう考えたところで、今の自分はこの表店に試しに住むことにした、やけに余裕のある若き檜物職人だったと思い出した。唇の片側を持ち上げた嫌らしい笑みを浮かべながら、「ふっ、この貧乏人どもめが」と呟いて裏店を見下ろす。

二棟並んだ長屋の間の路地から顔を出し、こちらを訝《いぶか》しげに見上げる男と目が合った。年は四十代半ばくらいか。多分、裏店の住人だろう。

「あ、あれ……あはは、どうも」

まさかそこに人がいるとは思わなかったので、何とも締まらない挨拶《あいさつ》になった。

元々が随分《ずいぶん》とおっかない顔をした悪人面《づら》の男だったが、その目付きがますます険しくなる。

「……お前さん、何者だい？」

「へ、へい……あっしは空き店を探しに来た者で……檜物職人になる修業をしていて、御礼奉公を終えたものですから、仕事場になるような家が欲しいと思って、それで試しにここで数日暮らしてみようかと……」

「ふうん、随分と余裕があるねぇ。あまり銭を持ってるようには見えないが」

悪人面のくせしてなかなか鋭い。

「いや、まぁ……ちゃんと大家の八五郎さんには話が通っていますので……ああ、ここにいる間の店賃は日割りで払うことになってます……ええ、本当に」

「別に疑っちゃいないさ。さっき大家さんがそこから出ていくのが見えたからな。まあ、せいぜいのんびりしていきなよ」

言葉とは裏腹に、男はあからさまに訝しげな目を虎太に向けてから背中を向け、長屋の路地の間へと消えていった。

——ううむ……俺ってそんなに怪しいかなぁ。

修業先を追い出された後、しばらくの間は無精髭《ぶしょうひげ》を生やし、垢《あか》じみた着物でうろうろしていたものだが、お悌に出会ってからはなるべくこざっぱりした格好をするよう気を付けている。だから自分では爽《さわ》やかな若者のつもりなのだが、八五郎やあの男の様子を見ると、どうもまだ何かが足りないようだ。隠しきれない貧乏臭さが滲《にじ》み出ているのだろうか。

——男どもからどう見られようと構わないが、お悌ちゃんだけは……。

すでに貧乏なのはばれているから、他の部分で何か、男を上げるようなことをしなければならない。どうすればいいかな、と虎太は首を捻《ひね》りながら目をおそのの家の方へ向けた。

——あれ？

虎太は目を丸くした。おそのの家の二階の窓がいつの間にか大きく開いていたのだ。まったく気づかなかった。

家の中が見通せる。簞笥《たんす》が奥の方にあり、その横に向こう側の窓があった。そちらは障子が閉められている。

簞笥の上には行李《こうり》が置かれていた。それから、横の壁に紙が貼られている。目だけはやたらとよい虎太にはそれが大小暦《ごよみ》だと分かった。

部屋の端の方には衝立《ついたて》の上部らしき物が見える。窓枠の下になっているので見えないが、きっと布団を畳んで衝立で隠しているのだろう。他にも行灯《あんどん》や鏡台の上の方が覗いている。

特に珍しい物は目に入らない。ごく当たり前の、寝間といった感じの部屋だ。

ただ、気になるのはそこに誰もいないことだった。虎太がおそのの家から目を離したのは、ほんの短い間だ。まだ部屋の中に窓を開けた人物がいてもおかしくはない。

しかし、それが目に入らない。

――壁に隠れて見えない場所にいるのかな。

大して変わるわけではないが、おそのの家の中を窺おうと虎太は首を伸ばした。

ちょうどその時、簞笥の向こう側からすっと女が現れた。家の奥だから、多分そこに梯子段があるのだろう。虎太は慌てて首を縮めた。

女はまっすぐに手前の方へ歩いてくる。虎太は横の壁に身を隠し、窓から顔を少しだけ出して女の様子を見た。

若い娘だ。年は十七、八といった辺りか。細面で色白、小鼻の脇にやや大きめのほくろがあるのが少しだけ気になるが、それを差し引いてもかなりの別嬪である。

――おそのの幽霊……いや、でも……。

生きている人にしか見えない。それなら近所の娘とか、親戚の子とかだろうか。まさかああ見えて泥棒だ、なんてことはないだろうし……。

虎太が頭を悩ませている間に、娘は窓の所に着いた。顔をやや左に向け、俯《うつむ》き加減で外を眺め始める。

娘はにこりともせずに、ただ一点を静かに見つめていた。美人であるせいか、その目付きに冷たさを感じさせる。お悌ちゃんのようにいつも笑顔の娘もいいが、こういう顔をする女もぞくぞくしていいな、などと虎太は呑気《のんき》なことを思った。

やがて娘は窓のそばを離れ、虎太に背を向けた。現れた時とは反対に家の奥へと歩いていき、箪笥の向こう側にすっと消えた。

――ううむ。

あれは……人だよな。

幽霊にはまったく見えなかった。生きている人、しかも憂いを含んだ美人だ。

こちらを見た様子はなかったが、もしかしたらここに俺がいることに気づいたかもしれない。それなら怪しまれないよう挨拶に行かなければ、と虎太はすぐ脇にある梯子段を下りようとした。しかしそこで「あること」に気づき、はたと立ち止まった。背筋が急に寒くなる。

梯子段というものは、たいていは家の奥の方にある。虎太が今いる、ここもそうだ。通りに面している方とは反対の、裏店側に設《しつら》えられている。同じ長屋なのだから、恐らく向こう側のおそのの家も似たような造りだろう。

通りに面している向きが反対なのだから、おそのの家の梯子段はこちらから見て手前側、あの窓のすぐそばにあるはずだ。奥の方が表側ということになる。そちらに梯子段はない。それなら、あの娘はいったいどこに消えたのか……。

虎太は恐る恐る振り返り、再びおそのの家の二階を見た。ただでさえよく見える目を凝らし、家の奥をじっと見つめる。

箪笥は、壁にぴたりと付けて置かれていた。

四

「なるほど、そんな所から出てきたのなら幽霊だ。お前と違って蠟燭屋の男はすぐに気づいたのだろうな……それでお前はその後、泣きながら八五郎さんの家へ逃げ込んだってわけか」

義一郎が馬鹿にしたような顔で虎太を見た。

翌日の一膳飯屋古狸の中である。昨日の夜もここへ寄って、大松長屋での顚末《てんまつ》を治平とお悌に話したのだが、義一郎は客の相手をしていて聞いていなかった。だから客があまりいない昼下がりに訪れて、改めて話を終えたところだ。

座敷には治平もいるが、二度目なのであまり熱心には耳を傾けていなかった。お悌も途中までは聞いていたが、やはり同じ話に飽きたのか、蕎麦屋や菓子屋の方を見てくると言って姿を消している。

「慌てふためいてはいましたが、泣いてはいませんぜ」

虎太はむっとした顔で答えた。

あの後、虎太はほとんど滑り落ちるように梯子段を下り、戸に体をぶつけながら裏口を抜け、途中で二、三度転びながら這《ほ》う這《ほ》うの体《てい》で八五郎の家へ飛び込んだ。そしてしどろもどろになりながら、自分が見た娘の顔立ちや小鼻の横のほくろ、着物の柄などを告げたのである。それに対する八五郎の返答は、「間違いなくおそのだ」というものだった。

「けっ、どうだか怪しいもんだ。それにね、お化け話が苦手なお前が、おそのさんの幽霊をじっくりと見たというのがそもそもおかしい。生きている人に見えたとはいえ、その手のものが現れるかもしれない場所だと聞いていたのだからな。きっと美人だったから鼻の下でも伸ばしていたんだろう。そんな男を可愛い妹のそばに近づけるわけにはいかないな」

「い、いや、何をおっしゃいます。鼻の下を伸ばすなんて、そんなことはありませんって」

虎太は店の奥の方へ目をやりながら、違うという風に大きく手を振った。こんなことをお悌に聞かれたらまずいからだ。幽霊だと気づく前に、あの娘がいた家へ挨拶に行こうと考えたことはもちろん内緒にしている。昨日も今も話してはいない。

「や、やだなぁ。俺はお悌ちゃん一筋ですって。信じてください、熊蔵兄さん」

「俺は熊蔵じゃねぇし、てめぇの兄さんでもねぇ」

義一郎の大きな足が持ち上がり、虎太を横から蹴った。自分の店の中だからさほど力は入れてなかったのだろうが、それでも虎太は壁まで吹っ飛び、強《したた》かに頭を打った。

「おっ、楽しそうだねぇ」

店の奥から、蕎麦の載った盆を持った礼二郎が現れた。虎太が注文したものだ。もちろん無代である。

この古狸は三軒の店が並んでいるが、一家でやっているので、飯屋で蕎麦を食うことも、蕎麦屋で団子をつまむこともできる。そう知ったので今日は蕎麦にしたのだ。

「おっ、美味そうですねぇ」

丈夫さが取り得の虎太は打った頭の痛みなどあっさり忘れ、にこにこしながら礼二郎の持ってきた蕎麦へ目をやった。上に卵焼きや蒲鉾《かまぼこ》、椎茸《しいたけ》などが載せられたしっぽくである。

「この俺が作ったんだ、美味いに決まっているだろうが」

「さすが狐之助兄さんだ」

「俺は狐之助じゃねぇし、てめぇの兄さんでもねぇ」

礼二郎は片足を上げたが、蕎麦の載った盆を持っているので蹴ることはしなかった。しかし何もしないのもどうかと考えたようで、その盆を虎太ではなく治平の前へと置いた。

「どうぞ食っちまってくれ」

「いやいや、それは俺の……」

「銭を払うのは治平さんなんだ。俺にとってはこっちが客だよ……それはそうと、お悌はどうした？」

礼二郎はきょろきょろと一膳飯屋の中を見回した。

「飯時じゃないのになぜか蕎麦屋の方が混んできてな。お悌に手伝ってもらおうと思ったんだが」

「さっきそちらへ回ったはずですぜ」

「いや、来ていない。菓子屋の方にもいなかった」

虎太と義一郎、そして治平は顔を見合わせた。三人とも同じことを頭に浮かべたようだった。

「まさか……」

虎太が呟く。

「いや、お悌のことだから、きっと……」

義一郎が顔を歪《ゆが》めた。

「おい、虎太。ぼさっとしていないで、すぐに大松長屋へ行くんじゃ」

治平の鋭い声が飛んだ。弾かれたように虎太が立ち上がる。

「女ばかり三人も神隠しに遭っている長屋だからね。何かあったら大変じゃ。儂も後から行くが、先に向かってくれ。お前の足なら追いつくかもしれない」

「へ、へい……あの、蕎麦は？」

「儂が食う」

治平は箸《はし》を取り上げた。

虎太は少しだけ後ろ髪を引かれる思いもあったが、それより今はお悌ちゃんだと空《す》きっ腹《ぱら》を抱えて走り出した。


途中で追いつくことはなく、虎太は坂本町の大松長屋まで来てしまった。

お悌の姿はなかった。少なくとも、昨日上がり込んだ蠟燭屋だった家の前にはいない。

虎太は北側の木戸口を通り抜けて長屋に入った。路地を覗いたり井戸端へ行ってみたりしたが、やはりお悌は見当たらなかった。そのまま南側の木戸口をくぐって通りへ出る。

そこにお悌はいた。一番東側の瀬戸物屋の前に佇《たたず》んでいた。おそのの家の表側だ。

昨日に続いて今日も梅雨の晴れ間で天気はよい。しかも爽やかなそよ風まで吹いているので、窓を開け放っている家が多かった。おそのの家もそうで、表戸の上にある二階の窓が開いている。お悌はそこを見上げていた。

昨日、虎太は裏側からその窓を眺めた。その時には閉められていたが、あのおその幽霊が現れたり消えたりした箪笥がすぐ脇にあった。多分、お悌は今、あの窓を通してその箪笥の辺りを窺っているのだろう。

お化けとかその類《たぐい》の話が本当に平気なんだな、と感心していると、お悌が不意にこちらを向いた。そして自分を見つめている虎太に気づき、ふっ、と笑顔になった。

――おおっ。

まるで菩薩《ぼさつ》様だ、と虎太は思った。人々を救い、教え導く菩薩様のほほ笑みだ。

お悌に重なるように、虎太は菩薩様のありがたい姿を思い浮かべた。が、あまりその手のことに対する知識がなかったせいか、頭の中に出てきたのはなぜか大きな口を開けて笑うふくよかな布袋《ほてい》様だった。これはいかんと慌てて七福神すべてを頭に呼び起こし、弁天様とお悌を重ねることで何とか誤魔化す。

何はともあれ、そのほほ笑みに魅入られるように、虎太はふらふらとお悌へ近づいた。

「もう兄さんったら、どうしてくれるのよ。本当にぼんやりしているんだから」

お悌の顔から笑みが消え、その口から虎太へ非難めいた言葉が投げ付けられた。かなりの大声だ。

――へっ、兄さん？

虎太は我に返った。辺りをきょろきょろと見回す。義一郎か礼二郎が後から追いかけてきたのかと思ったが、二人の姿は見えない。

首を傾げながら目をお悌へと戻すと、瀬戸物屋の中に入っていくところだった。

「すみません。うちの兄が、故郷から届いた大事な文《ふみ》を風で飛ばしてしまいまして。こちらの方に飛んだようなのですが、見ませんでしたか」

店の中の者に訊ねている声が聞こえてくる。そちらへ目を移すと、相手は店の主らしき五十くらいの男だった。

「母からの文でございまして。無筆なので誰かに代筆してもらったのでしょうが、何でも父の具合が良くないらしくて……。兄の元に届いた文なのです。同じく江戸に出てきていた妹のあたしにも見せようと思ったらしくて訪ねてきたのですが、その文を飛ばしてしまったのです。本当に兄はぼんやりで……」

「あらあら、それはお困りでしょう」

店の奥からおかみさんが出てきた。こちらも店主と似たような年回りだ。鬢《びん》の辺りに白いものが交じっているが、面立ちは昨日見た娘と似ている。多分、おそのの母親だろう。

「それらしきものは見ませんでしたよ。どこか他の所へ飛んでいったのではありませんか」

「確かにこちらへ来たと……兄さん、そうだったわよね」

お悌が虎太の方を振り返った。よく分からないが、とりあえず虎太は「あ、ああ」と頷いた。何かの考えがあってお悌が嘘をついていることだけは分かったからだ。

「兄が言うには、こちらの二階の窓から中に入ってしまったということなんです。何でも、箪笥の裏の隙間《すきま》に入り込むのが見えたとか。そんなことがあるのかどうか、兄の言うことなので信じられないのですが、とにかく大事な文なので……」

「はあ、箪笥の裏に……ちょっと考えられませんけど、念のために見てきましょう」

「申しわけありません。ああ、あたしも行きます。大事な文だけに本当に心配で……」

お悌は中に上がり込んだ。随分と図々《ずうずう》しい行動だが、容姿が可愛らしいせいか咎《とが》められることはなかった。

「本当に、すみません」

後に残された虎太は、店の主に頭を下げた。相手は「構わねぇよ」とだけ答えて、そのままぷいっと横を向いてしまった。どうやら無口な店主のようだ。

虎太が居心地の悪さを感じていると、しばらくして二階から「兄さん、ちょっと手伝って」というお悌の声が聞こえてきた。虎太はほっとしながら店主に頭を下げ、奥へ上がらせてもらった。

梯子段を上がると、表通り側の窓のところにお悌とおかみさんがいた。その窓の脇に、壁に付けるようにして箪笥が置かれている。お悌たちはその裏側を覗き込んでいた。

「箪笥を動かしてくれないかしら」

お悌が虎太に頼んだ。昨日、おそのの幽霊が裏側から出てきた箪笥である。虎太は正直、近くに寄りたくなかった。裏のわずかな隙間におそのが潜んでいたらどうしようと思ったのだ。しかしお悌の横にはおそのの母親もいるので、なるべく顔には出さず、平気な振りをして近づいた。

「文はなかったけど、別の物が落ちているみたい。ああ、何かが飛び出してくる、なんてことはなさそうだから安心してね。兄さんは本当に怖がりだから」

お悌は虎太に言うと、おかみさんの方を向いて「兄は男のくせに、虫とかが苦手なんです」と言い訳するように告げた。

――ふむ。おそのの幽霊はいない、と。

虎太はそれでも怖いので裏側は覗かず、表側から抱きかかえるようにして箪笥を動かした。広がった隙間にお悌が手を伸ばし、何かを拾い上げる。

「あら、簪《かんざし》だわ」

「ああ、それは娘のです」

おかみさんがお悌の手から簪を奪った。それから、はっとしたような顔になって

「ごめんなさいね」と言った。手荒な感じになってしまったことを謝ったようだった。

「娘は今……ちょっと遠くに行っておりましてね。その娘の簪が出てきたものですから、驚いてしまって」

「構いませんよ」

お悌はにっこりほほ笑んだ。それから少し怖い顔になり、虎太の方を向いた。

「ちょっと兄さん、文はどこへ行ったのよ。ここにはないじゃない」

「あ……あれ、おかしいな」

「裏の長屋の方に飛んでいったのかもしれないわね。そっちへ行くわよ」

お悌はおかみさんに「ご迷惑をおかけしました」と頭を下げて窓際を離れ、そそくさと梯子段を下りていった。

慌てて虎太も追いかけた。梯子段を下りる時におかみさんの方をちらりと見ると、まだ窓のそばにいて、おそのの簪を胸に抱くようにして佇んでいた。

おそのの家を出ると、向こうから治平が歩いてくるのが見えた。蕎麦を食ってから追いかけてきたにしては早い。この年寄りはかなり健脚だ。

「おっ、お悌ちゃんは無事か。何か気になることでもあったのかね」

近くまで来たところで治平がお悌に訊ねた。

「はい。でももう終わりましたから帰りましょう」

「おいおい、儂はたった今ここに着いたばかりだよ」

治平が戸惑ったような声を上げる。しかしお悌はにこっと笑い、先に立って歩き出した。その背中を見ながら、今度は虎太へと治平は訊いた。

「何があったんだね」

「はあ。簪がありました」

「うん？」

虎太はおそのの家の二階を見上げた。まだそこに佇んでいるおかみさんの背中が目に入る。様子を見に二階へ上がったらしい店主の姿もあった。

店主はこちらを気にしている。話を聞かれたらまずいと思った虎太は、二階へ向かって頭を下げ、お悌を追って歩き出した。治平も後ろからついてくる。

「簪があったって、どういうことだ」

「箪笥の裏から出てきたんですよ」

虎太は答えながら振り返った。おそのの家から少し離れたので、こちらの声はもう聞こえないだろう。それでも念のために小声で話す。

「あのおそのちゃんの幽霊が現れた箪笥の裏に簪が落ちていました。おかみさんによると、おそのちゃんの物らしい」

「ふうむ。そうするとお悌ちゃんは、昨日お前さんから話を聞いた時に、箪笥の裏に何かあるのではないかと疑ったのだろうな。それを確かめに来たわけだ」

「そのようです」

虎太は前を歩くお悌を眺めた。小柄で可愛らしい後ろ姿だ。可憐《かれん》な花を見ているようである。しかも三つも店を行き来する働き者だ。それでいてせかせかすることはなく、おっとりとほほ笑んでいることが多い。何とも素晴らしい娘だと思う。

それだけに、先ほどおそのの家で見せたお悌の言動はなかなかの驚きだった。お化け話のようなものが好きで、平気でその手の場所へ行ってしまうというのも本当だった。

「……ううむ、奥が深いな」

「お悌ちゃんのことかね。その言い方はどうかと思うが、確かに色々と変わった面を持っている子だな。その辺りも父親の亀八さんにそっくりじゃ。あの人も日頃はにこにことしているのんびり屋だったが、時として鋭い動きを見せることがあってね。だいぶ前に一度、古狸で酔っ払いが暴れたことがあったんじゃ。三人もいたが、亀八さんはあっという間に片づけて表に放り出したよ。もちろんお悌ちゃんはそういう乱暴なことはしないが、ただおっとりしているだけの娘でないのは確かじゃ」

「はあ、なるほど……」

このまま関わっていると、何かと振り回されそうである。それにただでさえ自分はお化け話の類は苦手なのに、二度続けて「本物の」幽霊に遭ってしまった。これは早々にお悌など古狸の面々からは離れなければならない……などと頭のよい者なら思ったかもしれないが、残念ながら虎太は違った。むしろ、ますますお悌に惚《ほ》れた。

それと同時に、行方知れずになっている亀八という男にも興味が湧いた。果たしてどういった人物なのか、ぜひ会ってみたいと思った。お悌のためにも、見つけてやらなければ。

「……しかし、亀八さんか。ううむ」

「どうしたね？」

「いえね、紛らわしいと思いましてね。亀八と亀爺がいると」

「誰が亀爺じゃ」

後ろから治平に尻を蹴られた。痛い。この年寄り、やはり足腰はやたらと丈夫である。

虎太は痛む尻をさすりながら空を見上げた。ちょっと風が冷たくなってきたと感じていたが、西の方に黒い雲が出ている。雨になりそうな気配だ。

蕎麦を食いそびれたので腹が減っている。しばらく大松長屋で過ごせそうだと思っていたのに、泊まる前に幽霊が出てきてしまった。お蔭《かげ》で、無代で飯が食える分が稼げなかった。

また日雇いに出て銭を稼ぎたいところだが、まだ梅雨は明けそうにない。お悌の父親を捜すため、そして自分の空腹を満たすために、古狸に入り浸る日々が続きそうだな、と思った。

見知らぬ家

一

「いやあ、虎太の馬鹿がお世話になってます」

一膳飯屋「古狸」の中に、友助の声が響いた。

虎太が初めてこの古狸を訪れた日に銭を借りに行った相手である。虎太とは同郷で、故郷にいる時にはその面倒見の良さで周りの子供たちの兄貴分のようになっていた男だ。

友助は虎太より数年早く江戸に来て屋根葺《ふ》き職人のところに修業に入り、今はもう独立して一人で暮らしている。元の親方や兄弟子などから仕事を貰《もら》っている手間取りではあるが、腕は悪くないのでそれなりに忙しいらしい。

それでも梅雨時など、雨の多い時季は仕事ができない日も出てくる。今日がそうで、それなら「出来の悪い弟分」が世話になっている一膳飯屋に挨拶《あいさつ》に伺うか、となって、虎太と一緒にこの古狸にやってきたのだ。

「餓鬼《がき》の頃からまったく後先を考えずに動くやつだったが、今でも変わっていないみたいだ。治平さんもびっくりしたでしょう」

「いやあ、まぁ確かに初めは随分《ずいぶん》と阿呆《あほう》なやつが迷い込んできたな、と思ったよ」

友助はこの古狸があるのと同じ浅草の福井町に住んでいるので、これまでにもここで飯を食ったことがあるそうだ。ここへ初めてきた時に、治平に友助の家を教えてもらったことを虎太は思い出した。前から二人は顔見知りなのだ。

「それでも、なかなかいいところもある男じゃよ」

「へえ。それを聞いて安心しました。義一郎さんはどうですかい。こいつに迷惑を掛けられていませんですかい」

「酔っ払って暴れたことがあったかな」

義一郎はじろりと虎太を睨《にら》んだ。古狸に来た最初の日の晩の話だ。あの時は調子に乗って飲みすぎてしまった、と虎太は首を竦《すく》めた。

「しかし、その他では特に大したことはしでかしてないかな。確かに間抜けなやつだが、治平さんの言うようにいいところもある男だ」

「義一郎さんがそう言うなら、本当なんだろうな。ええと……下駄屋さんは虎太をどう思いますかい」

友助は、飯を掻《か》き込みながら皆の話を聞いていた佐吉にも訊《たず》ねた。こちらは下駄の歯直しをして町々を歩いている男で、やはり古狸の常連だ。ただし歩く道筋を日によって変えているので、店に顔を出すのは三、四日に一度くらいである。

「俺はたまにしか会わねぇから分からないが、二人が言うようにいいところもあるんじゃないかな」

「そうですかい。それなら安心だ」

「……いやいやいや」

自分の話をされているので恐縮し、ずっと黙って耳を傾けていた虎太だったが、さすがにここで口を挟んだ。

「褒《ほ》めてくれるのはありがたいんですが、その『いいところ』の中身が誰からも一向に語られないのはどういうわけなんですかい」

「儂《わし》らだって喋《しゃべ》りながら一生懸命お前のいいところを探しているんじゃ。だけど出てこないんだから仕方がないだろう」

治平の返答に、義一郎と佐吉がうんうんと頷《うなず》いた。

「いや、何かしらあるでしょう。せっかく友助さんが俺のことを心配して訊《き》いてくれているんだから、そこは多少の嘘を混ぜてでも……」

ううむ、と唸《うな》りながら治平たちは顔を見合わせた。それでも思い付かないらしい。

虎太は助けを求めるような目できょろきょろと店の中を見回した。飯時を外れているので客は少ない。虎太たちの他は、小上がりの座敷の隅で背筋を伸ばして座っている着流し姿の二本差しがいるだけだ。

この人も虎太は何度か見たことがある。いつもむすっとした顔で団子を食っている男だ。今も奥から出てきたお悌が団子と茶を男の前に置いているところだが、まったく表情を変えない。気難しい人間のようだ。

気安く話しかけられる雰囲気ではないので言葉を交わしたことはないが、武家ならではの見方で、虎太のいいところを語ってくれるかもしれない。思い切って話しかけてみようか……と思いながら眺めていると、男はじろりと横目で虎太を睨み、左右に小さく首を振った。どうやら語ることは何もないらしい。

「……何だよ、誰も俺のいいところを喋ってくれないのかよ」

虎太は嘆くように呟《つぶや》いた。すると、思わぬところから助け舟が現れた。

「あら、虎太さんにはすごくいいところがあるじゃない」

「お、お悌ちゃんっ」

虎太にとって、誰よりも自分のことを褒めてもらいたい相手だ。何を言ってくれるのだろうかと目を輝かせながらお悌の次の言葉を待った。

「虎太さんのいいところは、何よりもその運のよさよ。三軒長屋へ行った時は、泊まったその晩にお房さんのお化けに出遭った。この前のおそのさんの時に至っては、長屋に着いてそれほど経っていないうちに見ている。こんな運のいい人、なかなかいないわ」

「お、お悌ちゃん……」

多分、と言うか間違いなくそれは、「運の悪さ」に当たる。特にお房の幽霊に出遭ったのは酷《ひど》い。あれは「その年の最初に見た者は命を落とす」という幽霊だったのだ。お蔭《かげ》で危うく死ぬところだった。これで運がいいはずがない。

もちろん、お悌が虎太のことを馬鹿にしたり、からかったりするために言っているのではないのは分かる。お悌は本気でそう思っているのだ。働き者だし、気立てはいいし、本当に申し分のない娘であるが、幽霊とか、その手の話に関する限りにおいては、明らかに世間からずれている。

「ううむ、なるほど。あっさり幽霊に遭ってしまう運のよさか。こんな虎太にも探せばいいところが見つかるものだねぇ。同郷の者として俺は嬉《うれ》しいよ」

「いやいや友助さん、納得しないでくだせぇ」

「そうかな。お前は幽霊を見たことで、この古狸で飯を食わせてもらえているんだ。仙人じゃないんだから霞《かすみ》を食うわけにはいかない。人間はとにかく何か食わなければやっていけないんだよ。飯にありつけるだけでも十分に運がよいと考えて、感謝しなければいけない」

「は、はあ。そんなものですかねぇ……まぁ、友助さんのおっしゃることも分かります。ここ数日は雨続きで日傭《ひようと》取りの仕事も見つからないし、この古狸で飯が食えなかったら干上がるところだった。ありがたいと思っています。だけど、それも今日限りみたいでしてね」

虎太はちらりと治平を見た。

お房の幽霊の時に、もし出遭ったら五食分を無代《ただ》にするという約束を交わした。さらに、泊まりにこそならなかったが、おそのの幽霊に出遭ったことで一食分を増やしてもらった。この何日かはそれで食いつないできたのだが、今日でとうとう尽きてしまったのである。

それなら新たな怪談を聞いて、その場所へ行けばいいのだが、治平の方も話の種が尽きてしまったらしいのだ。明日からはもう、無代で飯は食えない。

「儂も新たな話を探そうと思うのじゃが、何しろこの雨だろう。外に出るのが億劫《おっくう》でな」

結局、雨が悪いということだ。大した貯えはないし、仕事も見つからないだろうし、明日からどうしようか、と虎太は暗い気分になった。

「陰気な面を晒《さら》してんじゃねぇよ。そんなことじゃせっかくの運も逃げていくぜ」

ばしっ、と大きな音が響いた。友助が虎太の背中を叩《たた》いたのだ。結構な強さだったので息が詰まった。ううう、と唸りながら虎太は体を丸めた。

「俺が今日ここに来たのは、挨拶のためだけじゃないんだ。怖い話ってやつをしてやろうと思って顔を出したんだよ」

「えっ、本当かい。さすが友助さんだ」

虎太は勢いよく体を起こした。背中の痛みなど吹き飛んだ。

「話をするだけでも一食分が無代になるんだろ。語るのは俺だが、その分は虎太の野郎に回しても構いませんよね」

友助は義一郎の顔を見た。

「ああ、もちろん。ただし、どんな話でもいいってわけじゃねぇ。幽霊に出遭った人間、もしくは出た場所がはっきり分からないと駄目だ」

「その点はご心配なく。何しろこれは、俺自身の話だから」

友助は自分の顔を指差した。

ほう、と呟いて治平が居住まいを正した。佐吉も興味深そうに友助の顔を見守る。それまで立って話していた義一郎は座敷の上がり口に腰を下ろした。お悌もにこにこしながら座敷に上がってきて、持っていた盆を胸の前で抱くようにしながら、ちょこんと座る。そして虎太は、聞きたくないが聞かねばならぬ、と体を強張《こわば》らせながら身構えた。

「よし、それじゃあ話を始めますぜ。言ったように、これは俺の身に起こった話だ。場所については、俺の部屋から始まっているが後で違う所に移る。最初にそれが起こったのは今からほんの五日前のことで……」

二

その日、友助は仕事終わりに親方に連れられて飲み屋へ行った。

それ自体は特に珍しいことではなかった。親方や兄弟子など周りにいる人間はみな揃《そろ》いも揃って酒好きなので、むしろ飲まない日の方が少ないくらいだった。

だからその日も友助は、いつものように飲み食いし、いつものように千鳥足で福井町にある長屋の自分の部屋へと帰った。

もし違うところがあるとすれば、いつもよりほんの少しだけ飲みすぎてしまったことだ。裏店《うらだな》の腰高障子を開けて中に入った友助は、土間の隅にある水瓶《みずがめ》に柄杓《ひしやく》を突っ込み、腹が膨《ふく》れるくらい水を飲んだ。それから履物も脱がずに上がり框《がまち》のところで大の字になって、そのまま寝てしまった。

どれくらい眠っていたのかは分からないが、恐らく明け方までもう間もなくという頃に友助は目を覚ました。さすがに小便がしたくなったからである。

体を起こした友助は、ぶるぶると大きく身を震わせた。目覚めたのは寒かったせいでもあったようだ。目の前を見ると戸が大きく開いていて、そこから夜気が忍び込んでいた。

いかん、戸を開けっ放しで眠り込んでしまったようだ。風邪をひかないように気をつけないとな……と考えながら友助は立ち上がった。そして厠《かわや》へ行くために戸口を抜けて表へ出た。

「……ところが、いつもと景色が違うんだ。俺が住んでいる裏店は二棟並んだ割長屋だからな。表に出ると、すぐ目の前に向かいの部屋の戸がある。しかしその時は、そうではなかった。目の前に長屋の建物はあるんだが、横から眺めているんだ。つまり壁が見えているんだよ。あれ、おかしいな、と思って俺は振り返った。すると……」

今、通り抜けてきた戸口の向こうは真っ暗闇だった。これは夜中なので当然である。しかし、それにしても闇が深いような気がした。いつもの自分の部屋より奥行きがある感じだった。

友助は左右をきょろきょろと見た後で、何気なく上へも目を向けた。そこで肝を潰《つぶ》した。屋根が高い所にある。目の前に建っていたのは二階家だったのだ。

どうやら自分の部屋と間違って表店《おもてだな》の裏口に入り込み、そこで眠ってしまったらしい。夜が明けたら謝りに行かなければ、と思いながら友助は静かに戸を閉め、自分の部屋へ戻るべく、裏店へと向かった。

だが、友助は再び肝を潰すことになった。表店に入り込んだどころの間違いではなかった。この長屋自体が、友助が住んでいる福井町の長屋ではなかったのだ。

友助は自分が入り込んでいた二階家の脇の生垣を無理やり通り抜けて、表通りへと出た。辺りを見回したが、まったく知らない町だった。

歩いていればいつかは知っている場所に出るだろうと、友助は夜の町をうろうろと彷徨《さまよ》った。そうして東の空が白む頃に、ようやく見覚えのある場所に辿《たど》り着いた。そこは吾妻橋《あづまばし》だった。驚いたことに友助は、いつの間にか大川《おおかわ》の向こうの本所にいたのである。

「……というのが五日前のことだ。その日の仕事終わりに、入り込んでしまった家へ謝りに行こうと思ったのだが、吾妻橋を渡った先の道がどうしても思い出せなくてな。辿り着けなかった。さて、これだけなら酔っ払いが自分の家に帰ったつもりで知らない家に上がり込んでしまった、という話で終わるだろう。まぁ、あまりないことではあるが、そうかといって物凄《ものすご》く珍しいというわけでもないよな。たまには耳にする笑い話だ。しかしね、それとまったく同じことが起こったんだよ。その二日後のことだから、三日前の話になるんだが……」

その日は兄弟子に連れられて友助は飲み屋に行ったが、一昨日のことがあったのでかなり抑えて飲んだ。兄弟子から体の具合を心配されたくらいだから、ほとんど飲まなかったと言っていい。

兄弟子と別れた友助は、しっかりとした足取りで福井町の裏店へ帰った。長屋の路地で同じ裏店に住む建具職の男に会い、挨拶を交わしたことも覚えている。その後、間違いなく自分の部屋へと入り、戸をきっちりと閉めて心張棒《しんばりぼう》を支《か》い、夜具を延べて寝た。

しかし友助は、やがて背中の痛みで目を覚ました。いつの間にか床に直《じか》に寝ていたのだ。

俺はこんなに寝相が悪かったかな、と首を傾げながら手探りで布団を探した。ところが柔らかい物には手が触れず、代わりに何やら丸みを帯びた板のようなものにぶつかった。拾い上げてみると、どうやら桶《おけ》のようだった。

こんな所に置いたかな、と首を傾げながら脇にどけ、なおも手探りで布団を探した。すると今度は四角い箱のような物に手が当たった。持ち上げて振ってみると、かちゃかちゃと音がする。それでこれは、中に茶碗《ちゃわん》や箸《はし》が収められている箱膳だと分かった。

ここで友助は、何かおかしいぞ、と感じた。友助だって桶や箱膳くらい持っているが、それは土間の方に置いてあるはずだ。部屋の中に放り出した覚えはない。

友助は、これまで探っていた場所とは反対側の方へ手を差し伸べてみた。すると、指先がこつんと壁に突き当たった。

部屋の真ん中で寝ていたはずなのに、壁際まで転がってきたのかな、と思いながら壁を撫《な》でた。すると、すぐ脇で壁が終わっていた。

いや、よくよく手で探ると、それは壁ではなかった。床から天井へと斜めに伸びた板だったのだ。

「……つまりさ、梯子段《はしごだん》だったんだよ。それを横から触っていたんだ。知らないうちに俺は二階家の一階で寝ていた。当然そこは自分の部屋ではないわけで、俺は慌てて外へ飛び出した。その頃には暗闇に目が慣れてきていたから、戸口のある場所はぼんやりと見えたんだ」

表に出た友助の目に飛び込んできたのは、裏店の建物の横の壁だった。

見覚えのある眺めだった。友助は二日前とまったく同じ家に再び入り込んで寝ていたのだ。

そこから先の動きも変わらなかった。家の横の生垣を無理やり通り抜けて表通りに出て、夜の闇の中で見知らぬ町を彷徨い歩き、東の空が白む頃になってようやく吾妻橋に辿り着いた。

ただし、一度目と違うこともあった。その日の仕事終わりに本所へ行き、見当をつけた辺りを散々うろつき回った結果、やっとそれらしき長屋を見つけたのだ。

だが、勝手に入り込んだ件について謝ることはできなかった。表戸が閉め切りになっていたからである。どうやらそこは空き家のようだった。

「……これが三日前の話だ。自分の部屋に帰った時に途中で建具職の男と会ったと言ったが、そいつに確かめたところ、俺と顔を合わせたのは間違いなかった。だから俺は、やっぱり自分の部屋で眠りについたんだよ。ということは、寝ながらその家へ自分の足で歩いていったってことになるよな。俺は独り立ちするまでずっと親方の所に世話になっていたが、夜中に眠ったまま出歩くなんてことはなかった。だから不思議でしょうがない。まぁ、それでもこの二度目の時だって、少しだけ酒が入っていたからな。酔っていたせいと考えることにしたんだ。ところが三度目が起きてしまった。昨晩のことなんだが……」

雨が降り続いたために、二日続けて友助は仕事が休みだった。

いつもなら雨が降っていても狭い裏店にいるよりはまし、と外へ飲みに行ってしまうのだが、あんなことがあった後なので酒を飲むのが怖く、ずっと部屋に閉じ籠《こも》っていた。買い置きの酒も尽きていたので、友助は一滴たりとも飲んではいない。

夜が来て、心張棒を支った。もし表に出ようとしたら蹴躓《けつまず》いて気づくように、戸口の前に鍋や釜も並べた。水の入った桶まで置いた。これで準備万端、眠ったままでどこかへ行くのは無理だと安心して、友助は夜具に包《くる》まった。

その友助が目覚めたのは、二度目の時と同じ、背中の痛みのためだった。やはり布団がなくなっていた。

さすがに友助も今回は、きっとまたあの家にいるのだろうな、と考えた。だから大して驚きはしなかったが、不気味ではあった。

とにかくここから出なければと思い、前回と同じように周りを手で探った。しかし今度は何も当たらなかった。桶や箱膳はないし、梯子段にもぶつからない。がらんとした広い部屋にいるらしかった。友助は立ち上がり、手を広げてゆっくりと歩いてみた。

やがてその手が壁にぶつかった。念のため手で撫でさすって確かめる。梯子段ではなく、間違いなく壁であった。

そこから友助は、壁伝いに横へと動いた。前と違って今回はなかなか闇に目が慣れてこない。なぜだろうと思っていると、手が障子に当たった。窓のようだった。

障子を開けても暗いままだった。雨戸が立ててあるのだ。友助はすぐにその雨戸を外した。

表を眺めてみて、友助はびっくりした。そこは二階だった。友助は知らぬ間に梯子段まで上っていたのだ。

　雨がしとしと降っているので外には月明かりすらない。しかし家の中よりはましだった。ぼんやりとだが周りの様子が分かった。どうやらそこは、二度目の後で訪れた空き家で間違いないようだった。

　誰も住んでいないとはいえ、三度も勝手に上がり込んでしまった。しかも履物を脱がないままである。暗くて見えないが、雨でぬかるんだ道を歩いてきたはずだから、きっと家の中には足跡がついているだろう。泥棒が忍び込んだと思ってお役人に届けられでもしたら大変である。家主を探し出して謝った方がいいかもしれない。

　ただし、自分の部屋で寝ていたのに起きたらそこにいた、なんて言っても信じてもらえないだろうから、そこはやはり酒のせいにして……と友助がそんなことを考えていると、下の方からかすかな物音が聞こえてきた。

　みしっ、という床板が軋《きし》むような音だった。友助は息を殺し、耳を欹《そばだ》てた。

　しばらくすると、また同じ音が耳に届いた。一階に誰かいるような気配を感じる。

　空き家だと思ったが、見に来た時にはたまたま留守にしていただけで、実は人が住んでいたのかもしれない。あるいは友助が入り込んだことに気づいた裏店の者が、様子を見に来たとか……。

いずれにしろ、その者と顔を合わせずにここから出るのは無理だろう。そうすると、いかに怪しまれないように相手に声を掛けることができるかが大事になる。下手に相手を驚かせて、大騒ぎになってしまったらまずい。

こんな時はどう言えばいいかな、と友助は頭を捻《ひね》った。すでに中にいるのだから「ごめんください」はおかしい。それなら困ったような声で「助けてください」と言うのはどうだろうか。悪くないが、番屋から人が呼ばれて面倒なことになりそうだ。

やはりここは素直に、まず「すみません……」と声を掛けるのがいいだろう。もちろん相手は驚くだろうが、その後で「怪しい者ではありません」と必死に訴えるしかない。

友助はそう心に決め、すうっ、と息を吸い込んだ。それから、あまり大声にならないように気を付けながら、「すみません……」と言おうとした。

だが、その声は喉の外には出てこなかった。とてつもなく嫌な予感がして、すんでのところで飲み込んだのだ。うまくは言えないが、とにかく相手を呼ぶような真似《まね》は、間違ってもしてはいけない気がした。下にいるのは「見てはいけない何か」だと感じたのだ。

友助は窓枠に足をかけ、張り出している一階部分の屋根に下りた。雨で濡れているせいでやけに滑ったが、そこは屋根屋である。落ちるような間抜けなことはなかった。家の外壁を伝って横の方へと動き、少し下に見えていた木の枝に飛び移った。

友助はそこから地面へ下りると、夜の闇の中を一目散に走った。後ろを振り返ることはしなかった。

三

「……これが昨晩の話だ。いや、自分の部屋に着いた時には夜が明けていたから今朝かな。気分としてはついさっきのことのように感じる。その後、俺は親方のところへ顔を出したが、雨なので今日も仕事が流れてしまった。それで虎太の部屋を訪れ、一緒にここへやってきたというわけだ。さあ、これで俺の話は終わりだ。どうだったかな」

友助は満足げな顔で、話を聞いていた者たちを見回した。どうだ怖かっただろうと言わんばかりの表情である。しかし残念なことに、そう思ったのは友助だけだったようだ。他の者はみな、何とも言えない顔つきで首を傾げるばかりだった。

「あ、あれ……おかしいな。いったい何が不満なんですかい、治平さん」

「うむ……『お前さんは』相当な恐ろしさを感じたと思うよ。見知らぬ家で目覚めるだけでもかなり怖い。それもあまり日をおかずに三度続けてだからな。何かに呼ばれているような気もする。だがね、だからこそ最後のところで逃げずに踏みとどまってほしかったんじゃよ。ちゃんと確かめてくれないと、その時に下にいたのはやはり住人とか様子を見に来た人だったかもしれない、という考えが拭《ぬぐ》えなくなる。そうなると今の話は、お前さんがその家で目覚めたというだけのものになってしまう。いや、もちろんそれでも十分不思議なんじゃが、ううむ……」

「本当に『俺は』怖かったんですけどねぇ。伝わりませんか。義一郎さんはどうですかい」

問われた義一郎はまず虎太の顔を見て、それから話し始めた。

「ちゃんと『幽霊に出遭った人』あるいは『それが起こった場所』が分かっている。約束だから虎太には一食分、飯を無代で食わせてやろうと思う。しかしね、友助さん。俺たちが怪談を聞いているのは、行方知れずになったうちの親父を捜すためなんだ。やはり治平さんの言うように下にいたのが何だったのかを確かめてほしかった。それがお化けの類《たぐい》じゃないとうちの親父は現れねぇからな。それに、これはつい五日前から起こった話だろう。しかも友助さん一人の身に起こったことだ。それが親父の耳に入るとは思えない」

「そうか……そうだったな。確かに親父さんを捜すためだと考えると話が弱いかもしれない。佐吉さんもやはりそう思いますか」

佐吉は黙って頷いた。

「ううむ、難しいもんだな」

友助は腕組みをして顔をしかめた。話は終わってしまったらしい。虎太は口を尖《とが》らせながら自分の顔を指差した。

「この俺には訊《き》いてくれないんですかい」

「お前は怖かったに決まっているだろう。何しろ餓鬼の頃から猫太と呼ばれていた男だからな」

「はあ、おっしゃる通りです」

すでに怖がりであることはお悌にばれてしまっているようなので、虎太は素直に頷いた。確かにとてつもなく怖かった。特に最後の部分だ。ここは震え上がった。友助が感じたのと同じような思いを抱きながら虎太は聞いていたのだ。

それだけに他の者があまり怖がっていないのが不満だった。

「おっかない話だったのにな……そう思ったのは俺だけか」

「あら、あたしも怖かったわよ」

お悌が口を開いた。友助が「ええ？」という表情でその顔を見つめる。

友助がお悌に何も訊かなかったのは、話の間ずっとにこにこしていたからに違いない。今もいつも通りの顔でほほ笑んでいる。怖がっている様子など欠片《かけら》も見えない。

お悌は、この手の話に関する限りにおいて、他の者とはちょっと違う。多分、ここで言う「怖い」というのは「面白い」に近いのだろうな、と虎太は思った。

「義一郎兄さんの言うように、これだけだと友助さん一人の身に起こったことで終わってしまう。うちのお父《とっ》つぁんもその家を訪れたりはしないでしょう。でも、他の人も同じような目に遭ったとしたらどうかしら」

「ああ、なるほど」

治平と義一郎が同時に頷く。お悌の考えが伝わったようだ。

「うむ。それなら話が広がるかもしれんのう」

「うちの親父の耳に入ることもありそうだ」

二人で顔を見合わせて頷いている。

黙ってはいるが、さすがに常連だけあって佐吉もお悌の言わんとしていることに気づいたらしい。にやにやしている。そして無論、虎太にはお悌の考えていることが手に取るように分かっていた。だからこそ口を開かず小さく身を縮めていた。

「ええと、どういうことかな」

ただ一人蚊帳《かや》の外に置かれてしまった友助が、不思議そうな顔でお悌を見た。

「虎太さんが、友助さんの部屋へ泊まりに行けばいいってことよ」

ああ、やっぱり……と虎太は肩を落とした。もう一食分は無代で食えることが決まっている。できればそれで終わりにしたかった。

「虎太さんになら、きっと友助さんと同じようなことが起こると思うの。何しろ、すごく運のいい人だから」

「お悌ちゃん……」

世間ではそういう人のことを「運が悪い」と言うのだよ、と告げたかったが、どうせ伝わらないに決まっているので虎太は押し黙った。

「ふうん、こいつが俺の部屋にねえ。別に構わないが、ちょっと心配ではあるな。俺はこいつの餓鬼の頃を知っているんでね。もし俺と同じ目に遭ったら、腰を抜かすんじゃないかな。猫太だから」

お悌は首を振り、虎太の方を見てほほ笑んだ。

「心配いらないわ。うちに来るようになってから、もう二度もお化けに出遭っているんだから。平気よね、猫太さん」

「お、お悌ちゃん……」

虎太を庇《かば》い、励まそうとしているのは嬉しい。思わず涙が出そうになるほどだ。だが、友助につられて呼び方が猫太になってしまっている。

悪気がないのは分かる。お悌はそういう娘だ。多分、自分が言い間違いをしていることにすら気づいていない。しかしこれでは、行く前から気が抜ける。

「しっかりね、猫太さん」

「は、はい……」

何はともあれ、虎太が友助の部屋へ泊まりに行くことが決まった。


友助が住んでいる裏店の部屋は九尺三間だった。ひと月三百文の虎太の部屋は九尺二間だから、一間分奥行きがある。広さで言うと三畳分ほど大きいわけだ。人が一人増えたところで、それで息苦しさを感じるようなことはなかった。

しかし、だからといっていつでも泊まりに来ていい、などということはない。なぜなら、夜具が一人分しかないからだ。

「故郷から親戚とか誰かが出てくるような時は損料屋から借りるんだけどよ。さすがに虎太のためにそこまでする気はねぇや」

「はあ、構いませんぜ。冬じゃないんだから、そこら辺で横になります。掻巻《かいまき》もいりません。いつもそんな感じなので。ただ、蹴飛ばすかもしれませんから、先に謝っておきます」

　虎太は頭を下げた。実は寝相が悪いのである。檜物《ひもの》職人になるために住み込みで修業していた時には、よく兄弟子を蹴って叱《しか》られていた。一人暮らしをしている今では、敷きっぱなしになっている布団に倒れ込んで寝たはずなのに、よく部屋の隅や、酷い時には土間で目覚めたりしている。だから、そもそも夜具自体がいらないのだ。

「よくそれで風邪をひかないな」

「寒かったら目が覚めますからね。また布団に戻って、後は同じことの繰り返しだ。それで風邪をひいたことは……子供の頃はともかく、近頃ではないかな」

「ううむ、大したもんだ」

　友助は感心したように唸ってから、つっと立ち上がった。土間に下り、貧乏徳利《びんぼうどくり》を持って再び部屋に上がってくる。

「あれ、まさか飲む気ですかい」

「酒を飲もうが飲むまいが、あの空き家で目覚める時は目覚めるのだと分かったんでね。だったら飲まなきゃ損だ。そう思って今日、虎太の部屋へ行く前に買っといたんだよ」

「はあ……」

虎太は呆れながら、さっき友助が下りた土間へと目を向けた。

すでに戸口には心張棒が支ってある。しかも一本では安心できないので、五本もあった。

それから戸の前には、鍋や桶、盥《たらい》、行李《こうり》、箱膳、何が入っているのだか分からない巾着袋《きんちゃくぶくろ》など、ありとあらゆる物が積まれている。水瓶もあった。同じ長屋のどこかの部屋から借りてきたという漬物石まで置かれている。

ちょっとやそっとでは表に出られないようになっているのだ。これでもし例の空き家で目覚めることがあったら、もうお手上げである。降参するしかない。

ただ、それ以前にもし小便に行きたくなったらどうしよう、と虎太はそちらの方が心配になった。

「さあ、たらふく飲んでから寝るとするか。後は野となれ山となれ、目が覚めてからのお楽しみだ。ほれ、お前も付き合え」

友助が気合の入った声で言い、茶碗に酒を注いだ。それを見ながら虎太は、俺はほどほどにしておこう、と思った。

虎太は背中に痛みを感じて目を覚ました。

真っ暗闇だった。まだ夜は明けていないようだ。

寝起きで頭が働いていないので、自分の部屋にいるつもりになっていた。またいつものように布団の上から転がってしまったんだな、戻って寝直さなければ、とぼんやりと考える。

その時、部屋のどこかから、ううん、と唸る声が聞こえてきた。友助の声だった。そこで虎太は、ああ、自分は友助の部屋に行き、一緒に酒を飲んだんだ、と思い出した。その後はどうなったんだっけ、と首を捻る。

虎太はあまり口にしなかったが、友助は飲まなかった二日分を取り戻すんだと言って、どんどん喉へ流し込んでいた。そして先に潰れ、倒れるように寝てしまった。虎太はそんな友助に搔巻を掛けてやり、行灯《あんどん》の火を消して部屋の隅に丸くなった。そして目を瞑《つぶ》り……次に気づいたのが今だ。

虎太ははっと体を起こした。どこだ、ここは？

友助の部屋なのか、それとも話に聞いた、例の空き家なのか。

虎太は辺りをきょろきょろと見回した。目の良さが自慢の虎太は当然のように夜目も利く。しかしそれでも暗すぎて、ここが友助の部屋かどうかは分からなかった。

これは動かないと駄目だな、と考え、虎太は立ち上がった。手探りで、ゆっくりと闇の中を進む。しかし壁に手が当たる前に、虎太はここが友助の部屋ではないことに気づいた。

遅すぎるくらいだ。立ち上がる前にそう分かるべきだった。なぜなら虎太の足に草履があったからだ。

それでも万が一ということもあるから、と虎太は壁に手が当たるまで進んだ。そこからは壁伝いに横に進み、窓らしきものがある場所まで至った。障子を開け、立てられていた雨戸も外して表を見る。

いつの間にか雨は止んでいた。雲に隠れているので月の姿はなかったが、わずかな切れ間から薄ぼんやりとした明かりが漏れている。それだけでも虎太の目には、十分に辺りの様子が見て取れた。

雨に濡れた家々の屋根が光って見える。眺めがいい。ここは二階だ。何となくどこかで見たような場所だと感じたが、思い出せなかった。

虎太は振り返り、部屋の中へ目を向けた。隅の方に黒い塊《かたまり》があるが、そこから寝息が聞こえてくるので友助のようだ。その他には何もない。がらんとした部屋だ。

目を凝《こ》らすと、部屋の奥の方に梯子段があるのが分かった。今、虎太が開けたのは表通り側の窓らしかった。

再び外の景色を眺めた。確かに見覚えがあった。この窓から見たというわけではないが、下の通りを歩いたことがあるはずだ。それもつい最近……。

虎太はまた部屋の方を向いた。まさか、と思いながら部屋の隅に近寄っていく。そこには柱があった。

腰を屈《かが》めながら柱に顔を近づける。念のため手でも触れて確かめた。間違いない。柱に、子供が背比べをした時に付けたような傷がある。

――おいおい、ここは……。

死神の棲《す》む家だ。三軒長屋の左側、お房の幽霊が出る空き家だ。

自分が危うく死にかけた場所である。もう二度と来ることはないだろうと思っていた。それなのに、どうしてまた……。

呆然《ぼうぜん》とする虎太の耳に、床が軋むような音が届いた。一階からだった。

目を梯子段の方へ向け、息を殺して耳を澄ます。しばらくすると再び、みしっ、という音が聞こえてきた。

何者かが一歩一歩踏みしめるようにゆっくりと歩いているような音だ。その正体が何であるか、考えるまでもない。

虎太は慌てて友助の元へと駆け寄った。

「友助さん、起きてください。早く逃げないと」

必死に体を揺する。しかし友助は、ううん、と唸っただけだった。

床の軋む音が梯子段の下の辺りに来た。急がなくては。

「友助さん、すまねぇ」

虎太は友助の頭を叩いた。小気味よい音が部屋の中に響く。それでようやく友助は目を開けた。しかしまだぼんやりとしている。

「ああ、眠い……」

「友助さん、逃げないと駄目だ。あいつが来てしまう」

ぎしっ、という音がした。さっきと微妙に音が違う。多分、梯子段に足をかけたのだ。踏板が軋んだ音である。

「友助さん、しっかりしてください。もしあいつを見てしまったら……」

死ぬ、と言いかけて虎太は言葉を止めた。あることに気づいたからだった。

お房の幽霊をその年の初めに見た者は、問答無用で死んでしまう。だが二人目からは、一度目だけは助かる。ただし、その人も二度目に遭ったら命を落とすらしい。

　虎太は先に無宿人がお房に遭ってしまったために、危ういところで死なずに済んだ。しかしその際にお房を見ているから、もし今ここで再び遭ったら、多分死ぬことになる。

　一方、この友助はどうか。昨晩もここに来ているが、窓から逃げたためにお房には出遭っていない。つまり一度目だ。やはりあの無宿人のお蔭で、ここでお房に遭ったとしても助かるはずである。

「ううん、何だ。頭が痒いぞ」

　友助は体を起こし、虎太がさっき叩いた所をぼりぼりと掻いた。目がほとんど開いていない。まだすっかり目覚めたというわけではなさそうだ。

　踏板が立てる軋み音は、もう梯子段の中ほどまできている。迷っている暇はない。

「友助さん、すまねぇ」

　虎太は再び謝ってから、窓へ向かって駆け出した。素早く窓枠に手を掛け、そのままの勢いで飛び越える。

　友助と違い、虎太は屋根の上に慣れていない。雨に濡れた瓦《かわら》は思っていたより滑りやすかった。それに屋根には勾配《こうばい》もある。虎太はつるりと滑って屋根の上で一回転し、それからごろごろと転がった。

それでも必死に手を伸ばしたため、何とかわずかな間だけ屋根の縁にぶら下がる形になった。結局は手を滑らせて地面に落ちたが、尻を強《した》かに打つだけに止《とど》まった。

——痛ぇ……。

蹲って尻をさすっていると、二階の窓の向こうから友助の悲鳴が聞こえてきた。虎太は心の中でまた、「す、すまねぇ」と友助に謝った。

四

「ゆ、許さねぇ……」

恨みの籠った友助の呟きが聞こえた。

「す、すまねぇ……」

虎太はすぐさま謝った。しばらくするとまた「許さねぇ……」と聞こえ、すぐに虎太が「すまねぇ」と返した。

一膳飯屋古狸の、小上がりの座敷である。

あの後、虎太は友助を置いて三軒長屋から逃げたが、吾妻橋の袂《たもと》で立ち止まって友助を待った。しばらくすると凄い形相で友助がやってきたので、そこからは一緒にこの古狸まで駆けてきたのだ。

まだ夜が明けたばかりなので店は開いていなかったが、無理やり頼み込んで入れてもらい、小上がりの座敷に倒れ込んだ。そして今に至っている。

「許さねぇ……」

「すまねぇ……」

「お前ら、いい加減にしねぇかっ」

義一郎の怒声が飛んだ。

「す、すまねぇ……」

「す、すまねぇ……」

友助の言葉も虎太と同じものに変わった。

ちなみに友助は虎太より三つ年上の二十三で、実は義一郎と同い年である。虎太は治平から義一郎の年を聞いているのでそのことを知っているが、どうも友助は、言葉遣いや態度から察するに義一郎の方が年上だと思っているようだった。

見た目が熊だからそう考えるのも無理はない。面白いからしばらくこのままにして、頃合いを見て友助に教え、びっくりさせてやろうと虎太は考えていた。

「もう四半時《しはんとき》も同じことを繰り返してるぜ。そろそろ起き上がって茶でも飲んだらどうだい。持ってきたからよ」

「す、すまねぇ……」

「す、すまねぇ……」

二人同時に体を起こした。やはり二人同時に湯呑《ゆの》みに手を伸ばす。

「友助さん。確かに虎太はお前さんを置いて一人で逃げちまった。怒るのは当然だ。だけどよ、しょうがない事情があったんだよ。その辺りは聞いているだろう」

友助は頷いた。

吾妻橋からここまで来る間に、あのお房の幽霊についてひと通りのことは虎太も話していた。年が明けて初めて見たらどうだとか、二度目ならどうだとか、そういう細かい点については友助はあまり理解していないようだったが、あの時にもし虎太がお房の幽霊に出遭っていたら命を落としていた、ということだけはどうにか分かったらしかった。

「だったらもう、こいつのことを許してやったらどうだい」

「なぁに、とっくに許してますぜ。別にもう腹なんか立てちゃいない」

友助は、ずずっ、と茶を啜《すす》った。それから虎太を見て、言葉を続けた。

「こいつは餓鬼の頃から向こう見ずなところがあって、考えなしに動いてしまうことが多かった。その頃のままなら、こいつはあの幽霊へと突っ込んでいったような気がするんですよ。ところが虎太はあの家で、俺を置いて逃げ出した。話を聞いてみるとそれは正しい考えだったようだ。だから、あの虎太にしては珍しい、と感心していたくらいでしてね」

「それならなぜ、許さねぇなんて言い続けているんだい」

「あの女が言っていたのが耳に残っちまいましてね。お房さんって言うんですか、あの幽霊。なんか、梯子段を上りきったら血ぃだらだら垂らしながら四つん這《ば》いで迫ってきましてね。その時に呟いていたんだ。許さねぇって」

「へえ、俺の時には言っていたかなぁ」

虎太は頭を捻った。しかし、その言葉を聞いたかどうか思い出せなかった。

「痛いとか何とか言っていたのは覚えているんですけどね」

「ああ、それは俺も聞いた。その後で言ったんだよ、許せねぇって。その他にもごにょごにょと喋っていたが、それは聞かずに逃げちまった」

多分、自分を殺した相手への恨み節とか、そいつをここへ連れてこいとか、そういう内容のことをお房は喋ったのだろう。

「俺は途中で気を失っちまったから聞けなかっただけか……そう考えると友助さんは凄い。正気を保ったままあのお房さんの幽霊を振り切って逃げてきたんだから」

「てめぇと一緒にするなよ」

友助はまた、ずずっ、と茶を啜った。それから、ううむ、と唸った。

「そのお房さんの幽霊は、二度目だと死ぬんだろう。俺は一度見ちまったから、次はもう駄目だ。だから二度とあんな所に近づきたくはないが、俺がそう思っていても無理なんだよな。寝て起きたらそこにいるんだから」

「ああ、そうか……」

眠らないわけにはいかないのだから、あの三軒長屋へ行かなくて済むようなやり方を考えなければならない。

戸口の前に桶や盥などを積み上げても無駄だったのだから、例えば柱に体を縛り付けるといったことも通じない気がする。寝ずの番をしてくれる人がいればもしかしたら避けられるかもしれないが、そもそもそんなことを頼める人など見つかりっこない。

「……とりあえず、あの部屋から移った方がいいかもしれませんね」

「ああ、それは俺も考えた。ただ、すぐには引っ越し先も見つからないだろうから、しばらくは虎太のところに転がり込むよ」

「ええっ、俺の部屋にですか」

「文句はあるまい」

「は、はあ……」

友助を裏切って逃げてしまったから強いことは言えない。それに友助から銭を借りている身でもある。しかもそれは部屋の店賃を払うのに使ってしまった。逆らうことなどできない。

「……しかし、部屋を移っても駄目かもしれませんよ。友助さんがあの部屋に住むようになったのは昨日今日の話じゃない。それなのに、どうしてここにきて急にお房さんの幽霊の元へ呼ばれるようになったのか。それが分からないと」

部屋は関わりがあるまい。友助自身がお房の幽霊に目を付けられている気がする。

「心当たりがまったくないんだよな。あの荒井町の辺りに知り合いはいないし、仕事で行ったこともないんだ」

「実はお房さんと会ったことがある、なんてことは……ああ、それはないか」

お房が殺されたのは今から十年以上も前のことだ。友助はまだ故郷にいたか、やっと江戸に出てきたくらいである。まだ子供と言ってもいい年だ。町ですれ違うことがなかったとは言えないが、それだけの縁で、今頃になって呼び寄せられるようになるなんて考えにくい。

「……ああ、それについてなんだが」

義一郎が口を挟んだ。

「幽霊の考えることなんて分かりっこないから間違っているかもしれんが、もしかしたら、と思うことはある」

「なんですかい？」

「昨日、お前たちが友助さんの家に向かった後で、喜左衛門さんの使いという人がやってきたんだよ」

あの三軒長屋の大家だ。

「その人は、虎太の持ち物じゃないかと言って、これを置いていった。無宿人の死体が出てきて色々あった後で、あの家に掃除に入ったら落ちていたんだと」

義一郎はそう言いながら懐に手を突っ込み、財布を取り出した。

「あっ、そいつは俺のじゃねぇか」

友助が声を上げた。

確かにそれは、友助の財布だった。留め金に施してある彫金の模様で分かる。下手な錺師《かざりし》が彫ったようで、かなり作りが粗いのだ。腕が悪すぎてかえって見分けられる。

　これを落としたのは虎太だ。しかし盗んだわけではない。銭を借りに行った時、友助が「ほら、持ってけ」と財布ごと寄こしたのだ。虎太は中身だけ抜いて、それで店賃を払った。そして次に会った時に返そうと思って持ち歩いていたのである。

　いつの間にかどこかへ行ってしまったと思っていたが、どうやらお房の幽霊に出遭った時に落としてしまったようだ。

「……俺が思うに、実はお房さんの幽霊はこの財布の主と思われる男、つまり虎太の方を呼び寄せようとしたんじゃないのかな。一度遭っているわけだからさ。多分その時に、自分を殺した相手について虎太に頼んでいたんだと思うぜ。お前は気を失って聞いていなかったようだが。それで再び呼んだんだが、実際には、財布は友助さんの持ち物だった。だから友助さんがあの三軒長屋に行かされる羽目になったと……」

「なるほど、つまり虎太のせいか」

　友助がじろりと虎太を睨んだ。

「てめぇ、許さねぇぞ」

「い、いや、これは義一郎さんが勝手に思っていることで、そうと決まったわけでは……」

「これしか俺とお房さんのつながりが考えられねぇんだから、決まったようなもんだろう。だいたいね、そんな所に人から借りた財布を落とすのが悪い」

「す、すまねぇ」

「いや、許さねぇ」

「すまねぇ……」

「許さねぇ……」

再び無駄な繰り返しが始まった。もう義一郎は止める気がないようだった。

見る人、見ない人

一

一膳飯屋「古狸」の常連客、佐吉が仕入れてきた話だ。

佐吉の仕事は下駄《げた》の歯直しである。差し替えるための新しい歯や鋸《のこぎり》、鉋《かんな》、鑿《のみ》、木槌《きづち》などを入れた箱を担いで町々を回っている。両国《りょうごく》、神田《かんだ》、日本橋《にほんばし》の辺りを主に歩いているが、同じ場所ばかりに顔を出していたのでは、なかなか仕事にありつけない。だから日本橋を越えて八丁堀《はっちょうぼり》の方へ行くことも多いし、永代橋《えいたいばし》を渡って深川から本所の方へと足を伸ばすこともある。

佐吉が古狸に顔を出すのは、深川や本所へ行く前、あるいは帰ってきてからということが多い。だから常連と言っても、店に来るのは三、四日に一度くらいである。

「……その日、俺はここで昼飯を食った後、本所の辺りを回ろうと考えて吾妻橋へ向かったんだ。ところが橋を渡る前に声をかけられた」

直してほしい下駄があるから花川戸町《はなかわどまち》にある家まで来てくれという話だった。もちろん佐吉は二つ返事でその人の家まで行き、戸口の前に道具を広げて下駄の歯を入れ替えた。するとその様子を見ていた別の者が、うちにも来てくれと言い出した。佐吉は承知して、その人の住む長屋へ赴き、木戸口の前で作業をした。するとその様子を見ていた別の者が……。

「不思議とその日は、そんな感じで仕事が続いたんだ。花川戸町から聖天町、そして新鳥越町《しんとりごえちょう》と場所を移り、あれよあれよという間に気が付くと山谷町《さんやまち》の端まで来ていた。小塚原の仕置場に近い辺りで、その先は千住大橋だ。さすがにそこから吾妻橋まで戻って本所へ向かうのは面倒になっちまってね。下谷へ回り込むことに決めた」

すでにその日は十分に稼いでいたので、もう熱心に商売をする気はなかった。これまで下谷の方へ行ったことがなかったから、話に聞く入谷の鬼子母神《きしもじん》という所を見物がてら、その辺りをぶらぶらするつもりだった。その後は古狸へ戻って一杯飲み、帰って寝るという算段だ。

「ところが鬼子母神のそばでお客にまた声をかけられた。まあ仕事だから断ることはない。俺はその人の家へ行ったよ。とある長屋の表店《おもてだな》でね、昔は商売をやっていたようだが、今はやめている家だった。仕舞屋《しもたや》ってやつだな。そこの、がらんとした土間で下駄の歯を入れ直していたら、仕事を頼んできたその家の主が、突然ぼそりと『お前さん、幽霊を見たことがあるかい』と俺に訊《き》いてきたんだよ」

甚六《じんろく》というその男が言うには、夜中に二階の窓から向かいの空き家を眺めると、誰もいないはずなのに明かりが点《とも》ることがあるという。

甚六以外にも、裏店《うらだな》に住む住人の中にその明かりに気づいた者がいるが、みな気味悪がってすぐに目を逸《そ》らし、戸を閉めて見ないようにしていたらしい。これは甚六も同じだった。

「……だけどね、一度だけ甚六さんは、眺め続けたことがあるそうなんだ」

すると突如として障子に女の横顔の影が映った。脇の方から歩いてきた、という様子は一切なかった。本当に急に、ぽっと影が現れたのである。

当然、甚六は肝を潰《つぶ》した。急に出たことの他に、その女の横顔がやたらと大きかったこともあった。しかしその点は、明かりとの位置によってそう見えることもあるだろうと自分を納得させた。だが、それにしても気味が悪い。

「だから甚六さんは覗《のぞ》いていた窓の障子に手を掛けた。閉めようとしたわけだ。ところが、ほんの一寸ほどの幅を残したところでその手は止まった」

興味の方が勝ってしまったのだ。甚六は障子に顔を寄せ、隙間《すきま》から向かいの空き家を眺め続けた。

少しすると影に動きがあった。横顔はそのままだが、下の方から手が現れたのである。

その手は、初めは自分の顔の辺りを撫《な》でるような動きを見せたが、やがてそこから離れ、窓の端の辺りで止まった。女は腕を伸ばして障子を開けようとしているのだ。

――ううむ、手はごく当たり前の大きさだよな。

甚六は首を捻《ひね》った。明かりに近いほど影は大きく映り、障子のそばに寄るほど尋常な大きさに近づく。それは当然だ。だから障子戸の端に手がある今はさほど大きく見えないのは分かる。だが、初めに顔の辺りにあった時にも今とあまり変わらなかった。もちろん多少は大きく見えたが、顔と比べると小さかった。

――そうなると、やはり顔が大きいということになるが……。

空き家の窓がゆっくりと開き始める。甚六は息を殺して見守った。

窓の幅が少しずつ広がっていく。五寸、一尺と徐々に開き、とうとう女の顔が……。

「……そこで甚六さんは耐え切れなくなって、自分が覗いていた窓の隙間をぴしゃりと閉じたそうだ。ただ、ちらりとだけ女の顔を見てしまった。思った通りだ、と感じたらしい。つまり、大きかったようだな。だが明かりを背にしているから女の顔は暗かったたし、自分の方の窓を閉めるのとほぼ同時だったから、はっきりとしたことは言えないそうだ。そこまで話したところで甚六さんは、下駄の歯を入れ替えている俺に向かって、『今晩、ここへ泊まってその空き家を眺めてみないか』と誘ってきたんだ」

その時は自分一人だけだったから勇気が挫《くじ》けた。しかし誰か一緒にいれば最後まで見続けることができるのではないか、と甚六は言った。

佐吉はそんな話に乗るつもりはなかった。これから俺は古狸に行って一杯やり、それから家に帰って寝るのだ。わざわざそんな気味の悪いものを見るのは嫌だ、と思った。

しかし少し考えた後で、佐吉は甚六の申し出を受けることにした。古狸の常連として、甚六の話を確かめるべきなのではないかと思い直したのだ。

かくして佐吉はその夜、甚六の家の二階の窓の前に座り、誰もいないはずの空き家の二階の窓に明かりが点るのを今か今かと待ち続けることになったのだった。

「……そしていつの間にか寝てしまい、気づくと朝になっていましたとさ。これで俺の話は終わりだ」

佐吉は満面に笑みを浮かべながら一同の顔を見回した。今日は一膳飯屋の方がなぜか混んでいるので、他に客のいない蕎麦屋《そばや》の方に集まっている。顔ぶれは虎太と治平、そして礼二郎だ。お悌も話を聞いていたのだが、そうしながら一膳飯屋とこちらの間をうろうろし、今は姿を消している。

「どうだい、肩透かしを食らった気分だろう」

「いやいや佐吉さん、自らそれを言っちゃいけません」

礼二郎が苦笑いを浮かべた。

「せっかく幽霊話を仕入れてきてくださったのだから、その通りですとは言いにくい」

「そうかな。虎太は思い切り頷《うなず》いていたが」

「こいつは気が利かないと言うか、利かせる前に体が動いちまうから」

礼二郎からじろりと睨《にら》まれ、虎太は首を竦《すく》めた。確かに頷いたのはまずかった。

佐吉自身は幽霊を見なかったが、そこに出るのは間違いないらしい。そうなると、この後の流れとして、まず間違いなくその家へ自分が行かされそうな気がする。もちろん無代《ただ》で飯が食えるようになるのはありがたいのだが、なぜか気分が乗らない。

場合によっては行かなくて済むことにならないとも限らないので、ここは大人しくしておいた方がいい。すでに自分が怖がりだとばれているとはいえ、お悌がいれば無理に見栄を張っただろう。しかしそのお悌も今は消えているので、その必要はない。

「まあ儂《わし》も多少はがっかりしたが、あまり人のことは言えんのでな。だからまったく気にしなくていいんだよ」

佐吉に向かって、治平が宥《なだ》めるように言った。

「儂が聞き込んでくる話だって、ほとんどがそんな感じなんだ」

ここでまた虎太は頷いてしまい、治平から睨まれた。駄目だ。大人しくしていようと思っても体が動いてしまう。

「……それにしても、今の話の中に少々気になることがあるな」

治平は虎太から目を逸らすと、分からん、という風に小首を傾げた。

「その甚六さんとかいう人は、なぜ見ず知らずの佐吉さんを家に泊めて、一緒に幽霊を見ようとしたのだろうか」

「ああ、そいつは確かに少し不思議に思いました」

礼二郎が頷く。

「でも、あまり気にすることはないでしょう。幽霊は見てみたいが一人では怖い、それで誰でもいいから誘ったんじゃないでしょうかね」

「そうなると今度は、どうしてそこまでして幽霊が見たかったのだろうか、というのが不思議に思えてくる。お化けが好き、というような人間ではなさそうだし」

「それについては思うところがあります。多分ですけど、甚六さんという人はその女の影、つまり幽霊の正体に心当たりがあると思うんですよ。甚六さんだけじゃなく、謎の明かりを見たことのある他の長屋の住民もそうでしょう。もし空き家に明かりが点《つ》いていたら、誰かが入り込んでいるのではないか、とまずは考えるはずだ。ところが甚六さんたちはそうではなく、幽霊だという考えにいきなり至っているように感じられた。それはつまり、その空き家には幽霊が出るような何かがあるからに違いありません。佐吉さん、その辺りについて甚六さんは何かおっしゃってはいませんでしたか」

　佐吉は腕を組んで考え込んだが、しばらくすると首を振った。

「別に言ってなかったと思うぞ。俺も特に訊かなかったし。幽霊を待ち構えるのに忙しくて、そんなことまで気が回らなかった」

　この言葉に虎太は何度もうんうんと頷いた。佐吉の言う通りで、幽霊が現れるという場所へ行くと細かいことなどどうでもよくなるのだ。頭の中は、出た時にどうするか、という一点だけになる。

「左様でございますか。まあ、佐吉さんはあまりそういう場所へ行ったことがないから仕方ありません。気になさらないでください」

「ううむ、しかしもう少し気を配ればよかったかな。結局幽霊は出なかったわけだし。甚六さんもそれは言っていたんだよ。必ずしも出るとは限らないって。長屋の住人にも明かりを見る人とまったく見ない人がいるようだし、見る人だって毎晩というわけじゃなくて、たまにふと気づくと明かりが点いている、という感じらしい。そんな場所へいきなり泊まったところで、俺なんかが見られるはずないよな。そもそも、甚六さん自身もあまり熱心じゃなかった気がするんだよ。今の話を俺に喋《しゃべ》っている時は、ぼそぼそとほとんど聞き取れないような声だったし、二階の窓のそばに陣取って向かいの家を眺めている時には、幽霊のゆの字も口に出さずにまったく違う話を喋っていたからな。いや、わざわざ聞いてもらったのに、こんなつまらない話で悪かった。別に飯を無代で食わせてもらうつもりはないから」

「ああ、いや、うちはそういう店ですから一食分は無代で結構ですよ。出る場所はしっかりと分かるのだから十分です。入谷の鬼子母神のそばの、ええと、なんて言う長屋でしたっけ」

「ああ、それは訊かなかった。あの辺りの土地には不案内だから、道を言葉で説明するのも難しい。だからもし行くというのなら連れていくよ。しかし、さっきも言ったように必ずしも出るとは限らない場所だぜ。無駄足になった、なんてことになったら申しわけない」

「あら、佐吉さん。その心配はいらないわよ」

一膳飯屋の方へ行っていたお悌が戻ってきて口を挟んだ。

「甚六さんって人はなぜ見ず知らずの佐吉さんを泊めたのだろうかっていう話をしていたみたいだけど、あたしには分かるわ。きっと甚六さんは、佐吉さんを見た時に何か感じるものがあったと思うのよ。佐吉さんはその日、まるで導かれるようにその家の方へと引っ張られていった。実際その通りだったと思う。その空き家に出るという、女の幽霊に呼び寄せられたのよ」

いなかったはずなのに、なぜかお悌はこちらの人々の会話をしっかり耳に入れている。幽霊話に関しては物凄《ものすご》く耳聡いという、恐ろしい才能の持ち主なのである。

ただし、その代わりに他のことには無頓着《むとんちゃく》なので、客の注文を聞き間違える場合が多々あるらしい。出される品の値段に大きな差があるわけではないので、店の常連客はいちいち文句は言わない。高い物が出されることもあるが、安い物を持ってくる時もあるので、長い目で見ると損得は変わらないのだ。むしろちゃんと注文通りの品がやってくるかどうか、その当たり外れを楽しんでいる。これを「お悌ちゃん籤《くじ》」と呼び、その日の運を確かめているという。

「……あのさ、お悌ちゃん。俺はひと晩泊まったけど、結局何も出なかったんだぜ。人を呼び寄せといてそれは、たとえ幽霊でも酷《ひど》いんじゃないかい」

「同じ長屋に住んでいる人の中にも、見る人と見ない人がいるんでしょう。それと同じで、佐吉さんは見ない人なのよ」

「だったらなおさら酷い。何のために俺を呼んだっていうんだ」

「佐吉さんは『繋《つな》ぎ』よ。『見る人』を呼び寄せるための」

「ますます酷い。それだけのために俺をあんな所まで行かせたのか。まあ、いつもより儲《もう》かったからいいけどよ。しかし、そもそもその『見る人』ってのはいったい誰のことなんだい」

当然のようにお悌は虎太の方を見た。ああ、なるほどという顔をしながら佐吉も虎太の方へと顔を向ける。その時にはすでに治平と礼二郎も目を向けていたので、虎太は四人から一斉に眺められる結果となった。

「いや、こうなるのは分かっていましたけどね……」

虎太はふうっ、と溜息《ためいき》をついた。今日、虎太はこの古狸へ来た際、お悌に「花巻」を注文した。だが運ばれてきたのはなぜか「あられ」だった。美味《うま》かったから構わないが、お悌ちゃん籤は外れである。

「ううむ、俺はそのための男だから別にいいんですが……」

幽霊の噂《うわさ》がある場所へ行くという役目をはたして無代の飯にありつくために。そして行方知れずになっているお悌ちゃんたちの父親の手掛かりをつかむために、この古狸に来ている。

「でも、あまり気が進まないんだよなぁ……」

「それはお悌ちゃんの言うように、虎太がその幽霊から呼ばれているからだろうね。それを何となく感じているのだと思うよ」

治平が言い、礼二郎とお悌が深く頷いた。佐吉からは感じられないが、この三人は何かを分かっているような気配がある。

いったいそれが何なのか虎太にも分からなかったが、もし本当に自分が幽霊に呼ばれているのだとしたら、行かない方がいいのではないか、と思った。お悌ちゃんが望むならたとえ火の中水の中、と言いたいところだが、我が身も可愛い。さてどうすべきか、と虎太は考え込んだ。

「おいおい、動く前にあれこれ悩むのは虎太らしくないぜ。佐吉さんに案内してもらって、その長屋へさっさと行くことだ。頭を使うのはそれからにするんだな。もっとも、使うだけの頭があればの話だが」

礼二郎が笑った。この意地悪狐めが、と虎太は睨んだ。

「別に、怖いならそんな所へ無理に行かなくてもいいんだぜ。部屋の隅で縮こまっていればいいいさ。何しろお前は虎太じゃなく、ね……」

「おっと礼二郎さん。そこら辺でやめてもらいましょうか」

虎太はすっと手を前に出して礼二郎を制した。ここまで馬鹿にされた上に、さらにそれを言われてしまっては大人しくしているわけにはいかない。

「いいでしょう。行こうじゃありませんか。さあ佐吉さん、俺を甚六さんって人の所へ案内してくだせぇ」

虎太は勢いよく立ち上がった。

二

いた。

「……ははあ、なるほど。ここが甚六さんの住む長屋ですか」

佐吉に連れられて長屋の手前まで来た虎太は、「なるほど、なるほど」と何度も頷いた。

虎太は故郷を離れて江戸に出て以来ずっと、伊勢崎町の親方の家に住み込んで修業を続けてきた。一人前になるまでは銭など碌《ろく》に持てないし、休みだってせいぜい藪入《やぶい》りの時くらいだから、遊びで遠出をすることはなかった。ある程度大きくなってからは、独立した兄弟子などに連れられて綺麗《きれい》な女の人がいるような店に行くことも稀《まれ》にあったが、すぐ近場の深川界隈にそういう場所はたくさんあるので、やはり遠くまで足を伸ばすことはなかった。だからよく知っているのは親方の家の周りだけで、他の土地にはまったく明るくないのである。

そのため先ほど佐吉の怪談を聞いていた時も、町や橋の名でおおざっぱに「あの辺だろう」と捉えるだけで、細かい場所などは気にも留めていなかったのだ。

一方、お悌や礼二郎は「幽霊が出るという場所を歩くのが好き」な父親の亀八にくっついてあちこちを歩いたことがあるようだし、隠居老人の治平は今も幽霊話を仕入れるついでに、物見遊山で方々に足を運んでいる。この三人は虎太よりはるかに江戸の土地に詳しい。だから佐吉の話を聞いた際、恐らく「入谷の鬼子母神のそばの長屋」というだけで、すぐにここが思い浮かんだに違いない。

「……なるほど。幽霊に呼ばれているのは佐吉さんじゃなくて、この俺だと考えるわけだ」

虎太の目の前にあるのは、大家の名から「八五郎店」、あるいは横にある寺に生えている大きな松から「大松長屋」と呼ばれている長屋である。

つまり、虎太がつい先日も訪れた「神隠しの長屋」だ。十年前に五つの女の子が行方知れずになり、三年前にはおそのという娘がいなくなった。さらにその一年後には、おりんという女が姿を消したという、あの長屋だ。

「あそこが甚六さんの家だ」

佐吉が指差した先を見た虎太は、また「なるほど」と頷いた。甚六の家は南側の通り沿いにある表店の東から二軒目で、その隣は瀬戸物屋だった。

これで、甚六が佐吉に怪談を聞かせた時にぼそぼそとした声で喋り、幽霊が出るのを見張っている時にはまったくその話をしなかった理由も分かった。すぐ横がおそのの家だからだ。神隠しに遭った娘の帰りを待ち続けている両親が、まだ壁一枚隔てた隣に住んでいる。そんな場所で、大声で女の幽霊が出るなんて話をするのはさすがに憚《はばか》られたのだ。

――と、いうことは……。

空き家の障子窓に映ったのは女の横顔ということだった。話の様子から五つの女の子ということはなさそうだから、恐らくその空き家は、おりんという女が住んでいた所なのだろう。長屋の住人たちが、泥棒などが忍び込んでいると考えなかったのはそのせいだ。おりんの幽霊が出ていると考えて、明かりが点いたらすぐに窓を閉じるようにしているに違いない。

「甚六さんの家の二階から覗いた、女の影が窓に映るという家はどこですか？」

虎太が訊《たず》ねると、佐吉は長屋の木戸口へと近づいた。そこから北側の通り沿いに建っている表店のうちの一軒を指差す。一番東の端にある家だった。

――おいおい、俺が上がらせてもらった家の隣じゃねぇか。

虎太が前に来た時に入った、元は蠟燭屋《ろうそくや》だったという空き家は東の端から二軒目だ。そこから反対側の表店に現れるおそのの幽霊を見張ったのだが、実はすぐ横にも別の幽霊が出る家があったわけだ。今思うと背筋がぞっとする。

「……と、とりあえず甚六さんの家に行きましょうか」

あの家に出る女の幽霊がこの俺を呼び寄せたのだ、という話も真実みを帯びてきてしまったな、と虎太は暗い気分になりながら佐吉を促した。

虎太は甚六の家に泊まり、一緒に幽霊が出るのを待つことになった。

佐吉はいない。虎太を甚六に引き合わせた後、「どうせ俺は見ない人だから」と言って自らの仕事をするために大松長屋を去っていったからだ。

甚六は、年は六十手前で、長くここで商売をしていた人だという。かみさんの死をきっかけに店は閉めたが、そのまま一人で住み続けているそうだ。倅《せがれ》が別の場所で商売をしているからそちらに世話になってもいいのだが、孫が何人かいるので、そのうちの一人にいずれここで店を出させようと考えているらしい。それでこの大松長屋からは動かず、一人で暮らし続けている、ということだった。

「……しかしねぇ、おそのちゃんの幽霊が出るってのは耳にしていたが、おりんさんの幽霊まで出るらしいというのは知らなかったな。そういうことは大家のこの儂に伝えてくれなければいかんじゃろう」

不満そうに八五郎が顔をしかめた。

今、虎太は甚六、八五郎と一緒に、おりんの幽霊らしきものが現れるという空き家そのものの中にいる。明かりが点き、女の横顔が障子に映るという、まさにその部屋だ。

まだ日が暮れていないので、先にこちらを調べに来たのである。また、おそのの家の向かい側の端にあり、隣も空き家なので、このような話をするのに都合がいいということもあった。唯一の難点は、怖い、ということだけだ。

「さすがにこんな話は大っぴらにできませんからねぇ」

甚六も顔をしかめながら答えた。

「おそのちゃんの両親の耳に入ってしまったら、と考えてのことだから仕方がないとは思うがね。ううむ、それにしても、ここにおりんさんの幽霊がね……」

八五郎は部屋の中を見回した。つられるように虎太も目をきょろきょろと動かしながら、おりんがどういう女だったか思い返した。

商家へ嫁に行ったがなかなか子供ができず、そうこうするうちに亭主が余所の女を孕ませてしまったので離縁された女だ。年はおそのより少し上で、行方《ゆくえ》知れずになった時は確か二十三だった。働いていた水茶屋から帰ってくる途中に姿を消したという。

そのおりんが住んでいたこの部屋には、家財道具などはなく、がらんとしている。もちろん行灯《あんどん》のような明かりを点《とも》す道具もない。

「……知っていれば、前に来た時には隣ではなく、こっちに案内したのに。そうすればおそのちゃんとおりんさん、二人の幽霊を一度に確かめられたかもしれなかった」

八五郎が虎太へと目を向け、恐ろしいことを言った。

「いやいや、それは勘弁してください。いくら俺でもそれは泣きます。今だって逃げ出したいくらいなんですから。一度につき一幽霊でお願いしますよ……それはそうと、おそのちゃんの家の方はどうなりましたか。話の様子では、幽霊が出るということをまだ伝えていないみたいですが……」

「ああ、うむ。いずれ折を見ておそのちゃんの両親に話すつもりだったんだが……やはり無理だな。『幽霊が出るのだからおそのちゃんは死んだのだ。いい加減諦《あきら》めて娘の菩提《ぼだい》を弔うことを考えたらどうだ』などとは、口が裂けても言えないよ。気の毒すぎる」

「まあ、そうでしょうね……」

それに、言ったところでおそのの両親があっさり頷くとは思えない。同じ家に住んでいる二人は幽霊を見ていないのだ。信じないに決まっている。

「どうして『見る人』と『見ない人』がいるんだろうな……」

「幽霊のことかね。まぁ、そういうものだとしか言えないな」

八五郎は頷くと、またおりんの部屋の中を見回した。

「おそのちゃんだって、お父つぁんやおっ母《か》さんに自分の姿を見せたいかもしれない。だが当の両親は『見ない人』だ。世の中、うまくいかないものじゃな」

「本当に、そうですねぇ」

虎太は溜息混じりに返事をした。俺は別に見なくてもいいのに、おそのやお房の幽霊に出遭ってしまった。八五郎の言う通りだ。まったく世の中はうまくいかない。もし万人に幽霊が見えるのなら、例えば人殺しのようなものもなくなるに違いない。相手の所へ出ればいいのだから。ところがそういうやつに限って『見ない人』のことが多いみたいだ。

どうやら八五郎や長屋の住人の心労は終わらないようだな、と虎太は思った。二階の窓におそのの幽霊が現れるということを両親に隠し続けなければならない。

虎太は開け放ってある窓から、正面にあるおそのの家を見た。今は雨が止んでいるが、昼前まで降っていたし、空模様を見るとこの後もまた降り出しそうなので、おそのの家の二階の窓は障子が閉めてあった。

――お悌ちゃんが簞笥《たんす》の裏から簪《かんざし》を見つけたが……。

実はおそのはあれに未練を残しており、見つけてもらったことで満足して成仏した……ということになっていれば、少しは救われる。それを確かめたかったが、今は無理そうだ。

「……ああ、そう言えば八五郎さん。あの後、ここへ幽霊見物に訪れた者はいませんでしたか。五十くらいの男なのですが」

虎太は、こうして幽霊が出る場所に来ているそもそもの目的である、亀八のことを訊ねた。

「それについては治平さんからも頼まれているからね。儂も気をつけて見ているのだが、そんな男が来た様子はないね」

「はあ、左様ですか……」

「これから来ないとも限らないから、まだこの後も続けて見張っておいてやるからね。その代わりここに出るという幽霊の方を頼むよ。本当におりんさんなのかどうか、この前の時のように顔を確かめてくれ」

八五郎はそう言ってから窓のそばへ歩み寄った。外した雨戸を再び閉め始める。

「あれ、雨戸を立ててしまうのですか」

「雨が降りそうじゃからな。それに、いつもここは閉まっているよ。だから甚六さんや他の住人が謎の明かりを見たっていうのが不思議なんじゃ」

雨戸を閉めていた手を止め、八五郎は甚六の方を見た。甚六は「私もそう思いますよ」と頷いた。

「大家さんのおっしゃる通りだ。まったく不思議ですよ。ここには雨戸があるはずなんだ。しかし夜だから真っ暗でしょう。雨戸がどうなっているのかまではよく見えないんですよ。はっきりしているのは、ぽっと明かりが点った時には雨戸はなく、障子戸になっているということです。翌朝、明るくなってから見ると雨戸はちゃんと閉まっている」

「幽霊のすることだから、この世の道理で考えてはいけないのかもしれないね。それにしても不思議じゃな」

「ええ、まったく」

どことなく呑気《のんき》な会話にも思える八五郎と甚六の声を聞きながら虎太はそっと二人から離れ、そのまま梯子段《はしごだん》を下りてしまった。今はまだあの部屋に幽霊が出そうな気配はなかったが、それでも雨戸が閉まった後の暗い中にいるのは御免だった。先に表に出て、後から二人が来るのを待たせてもらおう、と考えたのである。虎太は裏口の戸を開けて、棟割長屋が並ぶ裏店へと出た。

「……ほう。今度はそっちの家を見に来たのか」

「ぬわっ」

いきなり話しかけられたので虎太は飛び上がった。思わず尻餅《しりもち》をつきそうになってしまったが、裏口の戸を手でつかんで何とか立ち直る。

落ち着いてから改めて見ると、前回ここへ来た時にも窓の下から声をかけてきた、四十代半ばくらいの男だった。

「ああ、びっくりした。あなたはこの前の、ええと……悪人面《づら》」

「誰が悪人面だ。いきなりとんでもねぇことを言うやつだな……そこは苦み走った顔と言ってくれ。俺はね、伊太蔵《いたぞう》ってぇもんだよ。ここの裏店に住んでいる。仕事は錺《かざり》師《し》だ。居職《いじょく》だから昼間からぶらぶらしているように見えるが、あまり気にするな。それより……」

お前の方こそ何者だ、という風に伊太蔵は片方の眉を上げて虎太を見た。

「えっ……お、俺は虎太ってぇ者で、この前にも話したように、ここの長屋の表店を借りようかと思って、それで試しに数日住まわせてもらって……」

「嘘だろう」

「いや、まさかそんな……」

「今、下からこっそりと覗いていたんだよ。大家さんだけじゃなく、なぜか甚六さんもいて、なにやら難しい顔でこそこそ話をしていた。どうも雰囲気がおかしい。それ

に向こうの表店の瀬戸物屋……行方知れずになったおそのちゃんの家の方を窺《うかが》ってい
る様子も見えた。この間もそんな気配があったんだよな。間違いなくてめぇは、家を
借りに来た人間じゃねぇよ。もう一度訊ねるぞ。嘘だろう」
「……へい」
虎太はあっさり頷いた。そこまで相手にばれてしまっているのに、なお嘘をつき続
けるなどという芸当は、とても虎太には無理だ。もしそれができるなら、もう少しう
まく生きている。少なくとも、飯代にも事欠くような目には陥っていない。
「認めたな。それなら正直に話してもらおうか。おい虎太、てめぇここへ何しに
……」
伊太蔵が言葉を止めた。足音が聞こえてきたからだった。八五郎と甚六が梯子段を
下りてくる気配があった。
「……おや、伊太さんじゃないか」
裏口から出てきた八五郎が素早く伊太蔵の姿を認めて声をかけた。
「ああ大家さん、これはどうも。本日はお日柄もよく……」
「何を言っているんだ。今にも降り出しそうな空模様じゃないか。それより伊太さ
ん、店賃《たなちん》の方はどうなっているんだね」

「あ、いや、それは、もうちょっとだけ待っていただいて……」

伊太蔵は腰を折り、ぺこぺこと頭を下げ始めた。悪人面が少し可愛く見えてくる。

どうやらこの男も、大家には強く出られないらしい。ましてや店賃を滞《とどこお》らせているのだからなおさらだ。こうなってしまうのは分かる。すごく分かる。誰よりも分かる……と、虎太は同情の目で伊太蔵を眺めた。

「待つのは構わないよ。払える当てがあるのならね。とにかくだね、伊太さん。まずはちゃんと働きなさい。どうも近頃は、錺職の仕事がはかどっていないようじゃないか」

「え……ああ、いや、それは……ほら、大家さんも知っての通り、俺がいつも品物を納めていた店が火事になりましてね。それでごたごたしていて、仕事が滞っているというわけで……」

「うむ、そうだったね。しかし他の店からも注文を受けているんだろう。そちらの仕事をすればいいだけの話だ」

「それはもちろん、はい」

「しっかり頼んだよ」

八五郎はじろりと伊太蔵を睨み、それから自分の家の方へと歩き出した。その背中に向かって、まだ伊太蔵はぺこぺこと頭を下げている。

やがて八五郎の姿が長屋の建物の陰に消えると、伊太蔵はゆっくりと虎太の方を振り返った。元の悪人面に戻っていた。

「……てめぇ、なににやにやして見てやがるんだ」

「いやあ、俺とそっくりだと思いましてね。うちの大家さんに会った時は、俺もそんな風になっちまいますから」

「ってやんでえ、馬鹿野郎が」

ふん、と伊太蔵は鼻で笑った。

三

「……空き家に出る幽霊がおりんさんかどうか確かめに来た、と。ふうむ」

虎太から話を聞いた伊太蔵は腕を組んで唸《うな》った。

「幽霊だなんていきなり言われても俄《にわ》かには信じられないでしょうが、本当なんですよ」

「てめぇが幽霊を見に来たんだってことは疑わねぇよ。俺は夜になるとそこら辺の飲み屋へ出かけちまうし、帰ったらすぐに寝ちまうから、ここに出る幽霊を見たことがない。しかし、おそのちゃんとおりんさん、二人の幽霊が出るらしいって話は耳にしているんだ。裏店のかみさん連中が井戸端でこそこそと話しているのに混じることがあるから」

「……その顔で」

「てめぇは一度、うちの裏店のかみさん連中が集まっているところを見た方がいいな。この俺の面が可愛く見えてくるはずだ」

「は、はあ……」

虎太と伊太蔵の二人は、かなり小声で喋っている。なぜなら甚六の家にいるからだ。すぐ隣がおそのの家なので、声が漏れないようにしている。伊太蔵は面も言葉遣いも悪いが、そのあたりの気遣いはできるらしい。それどころか、甚六によると伊太蔵は、その手の噂が広まらないように、かみさん連中を諫《いさ》めることもあるそうだ。よく分からない男である。

「言っておくが、俺は幽霊などこれっぽっちも信じちゃいねぇ。本当なら、てめぇのような人間はこの長屋から叩《たた》き出したいところなんだ。しかし、甚六さんや他の長屋の住人の話もあるからな。すぐにそんなことはしねぇよ。今日は俺もここに泊まって、幽霊が本当に出るか確かめてやる。もし何も出なかったら、その時は覚悟しておけよ」

伊太蔵がそう言った時、梯子段の方からとんとん、と虎太たちのいる二階へ上がってくる足音が聞こえてきた。

一階へ下りていた甚六が、徳利《とっくり》に酒を入れて戻ってきたのだ。いつ出てくるか分からないから、酒を飲みながらのんびりと待つつもりのようだ。めいめいが手酌で飲めるように、徳利と湯吞《ゆの》みが三つずつある。

酒が来たのを見て、伊太蔵の頰《ほお》が緩《ゆる》んだ。かなりいける口らしい。虎太はそんな伊太蔵から目を逸らし、開いている窓の外を眺めた。

とうに日は西に沈み、辺りには闇が広がっている。雲が空を覆っているので、月明かりはおろか、わずかな星明かりすらない。それでもまだ家々の明かりがあるので、真っ暗というわけではなかった。

虎太は、おりんが住んでいた空き家へ目を向けた。今は雨戸が閉まっているのが分かるが、人々が寝静まってしまうと、いくら夜目が利いてもそこまで見定めることはできなくなるに違いない。

前にここへ来た時、おそのの幽霊はまだ日がある明るいうちに出てきた。おりんの方も、できるだけ早く出てきてくれないものだろうか、と虎太は思った。

夜が更け、この大松長屋の裏店の住民も、周りの家々に住んでいる人々も寝静まってしまった。起きているのは自身番屋に詰めている町人や遅くまでやっている飲み屋にいる連中、そして虎太たち三人くらいだろう。

外は真っ暗である。向こうの空き家の窓が雨戸なのか障子戸なのか、虎太の目をもってしても分からなかった。部屋の中が明るいと外が見えづらいので、こちらも行灯は点けていないが、そんなことをしても無駄なほどの闇だ。

静かでもある。たまに伊太蔵や甚六が手酌で湯呑みに酒を注ぐ音や、それを飲む音がするが、気になるくらいやけに大きく聞こえてしまう。もし下手に気合の入った屁でもしようものなら、一里四方まで鳴り響くんじゃないかと思えるような、それほどの静寂だった。

幽霊が出そうな雰囲気、というものが辺りに満ちているように感じられる。

——ううむ、参ったな。

虎太は闇の中で顔をしかめた。小便がしたくなったのだ。

表店の家も厠《かわや》は裏店にあるのを使っている。伊太蔵や甚六は住んでいる場所だから平気な顔で何度か小便に行っているが、虎太は怖いので我慢していた。だがそれももう無理なところまで来ている。

　――仕方がない、行くとするか。

　虎太は空き家から部屋の中へと目を移した。梯子段の辺りがかろうじてぼんやりと見える。一階の裏口の土間に、点されている瓦灯《がとう》が一つ置かれているのだ。それごと持ち運んで厠まで行けば、何かに蹴躓《けつまず》くということはないだろう。ただし、だからといって怖さまでは消えないが。

「……小便に行ってきます」

　虎太は二人に断りながら立ち上がった。もしかしたらどちらかが「自分も」と立ち上がるかもしれないと期待していたが、くぐもったような返事が聞こえてきただけだった。

　心の中で舌打ちしてから、厠へ行く前にもう一度、と窓の外へ目を向けた。

「えっ」

　虎太は動きを止めた。あの空き家の窓に明かりが点っているのが見えたからだった。

　部屋の暗闇の中で、甚六が「あっ」と声を立てるのが聞こえた。この男も虎太が見ている明かりに気づいたらしい。

だが不思議なことに伊太蔵には分からないようだった。「どうした？」と訝《いぶか》しむような声が聞こえてきた。

「どうしたって……向こうの空き家の二階の部屋に、明かりがあるでしょう」

「いや、外は真っ暗だぜ」

「そんな馬鹿な」

虎太はこちらの部屋の窓の枠に手を掛け、身を乗り出して空き家を眺めた。格子になっている桟が見える。雨戸ではなく障子戸になっているのだ。その向こうにぽわっとした明かりが間違いなく点いている。

「甚六さんは見えますよね」

目を空き家に向けたまま虎太が訊くと、甚六から「ああ」と返事があった。

「二人して俺を担いでいるんじゃねぇのかい」

伊太蔵が立ち上がり、虎太の横に来た。同じように窓から身を乗り出して空き家を眺める。

「……何も見えねぇ。さっきまでと変わらない、ただの暗闇だ。だがここの梯子段の方へ目を向けるとぼんやりと見えるから、俺の目がおかしくなったわけじゃないぜ」

「ううむ、どういうことだろう……あっ、顔が出た」

横から歩いてきたとか、下にいたのがせり上がってきたとか、そういう動きは一切なかった。いきなりぽっ、と障子に顔が現れた。人の、肩から上くらいの影である。女であることは結っている髪の形から分かった。

話に聞いていた通りのことが起こっている。ただし、一つ違う部分もあった。

「甚六さん……あの女、正面を向いていますよね」

「うむ、そのようだ」

甚六が前に見たのは横顔の影だった。しかし今、虎太に見えているのは明らかに正面顔である。影だから、もしかしたら後ろを向いているのかもしれないが……。

「あっ、手が出てきた」

障子の下側から、映っている女のものと思われる手が現れた。窓の方へ伸ばすような動きを見せる。やはり女はこちらを向いているようだ。

女の手が、窓の下の端の辺りで止まった。ゆっくりと障子が開いていく。五寸、一尺と徐々に隙間が広がる。

とうとう、女の顔の端の部分が現れた。

「うっ」

甚六が声を漏らした。虎太の背後にいるし、暗いので見えはしないが、蹲《うずくま》ったような気配が感じられた。耐え切れなくなったらしい。

障子の動きは止まらない。ついに半分くらいまで女の顔が出てきた。明かりを背にしているのでその顔は暗く、表情までは見えない。だがそれでも、まっすぐこちらへと目を向けているらしいことは分かる。

「ううっ」

虎太の我慢もここで終わった。空き家に背を向け、窓の下の壁に体を隠すようにして座る。

これで空き家を眺めているのは伊太蔵だけになった。この男だけ平気なのは当然である。相変わらず女が見えていないのだ。

「何があったのか言えよ。俺には何が何やらまったく分からねぇ」

「女が障子を開けたんです。それで顔が現れた。向こう側に明かりがあるからやっぱり影みたいなものなのですが、それが……かなり大きく感じられて」

障子に映っている顔が大きく見えるのは、明かりとの位置によるから不思議ではない。しかし、現れた顔もやはり大きかった。化け物というほどではなく、通常の人の顔が大きく腫《は》れ上がったというくらいではあったが、それでもかなり薄気味悪かった。

「あのなぁ、虎太。おりんさんって人は、細面の顔立ちをしていたんだぜ。明らかに別人じゃねぇか。そもそも、俺に見えていないってことは、やはり幽霊なんていないんだよ」

「いや、きっと伊太蔵さんは『見ない人』だから」

「てめぇは『見る人』だってのか。だったらもう一度しっかりと見て、その女がどういう顔をしているか言ってみろ。もしおりんさんの顔立ちそのままだったら、少しだけ信じてやる」

「そ、そんな無茶な……」

虎太は首を振ったが、気を取り直して壁から背中を離した。八五郎からも頼まれていたのを思い出したのだ。おりんなのか、それとも違う者の幽霊なのか、それくらいは確かめねばなるまい。ほくろがあるとか、あるいは着物の柄とか、何か手掛かりになるようなものが見えるかもしれない。

虎太は勇気を振り絞り、思い切って窓の外へと目を向けた。

「……あれ？」

暗闇だった。元に戻っている。

「甚六さん……」

「うむ。私も今、見たところだ。真っ暗だな」

「おいおい、どういうことだよ」

伊太蔵が不満げな声を上げる。

「まさかこれで終わりってぇわけじゃねぇだろうな。こっちはわざわざ遅くまで起きて付き合ってやったんだ。それなのに、やっぱり幽霊なんか出なかったじゃねぇか。この落とし前、どう付けてくれる気だ？」

「いや、付き合ったのは伊太蔵さんの方から申し出たことですし、幽霊は伊太蔵さんに見えなかっただけで……」

「何だと、こら。この俺とやるってのか」

「……いいでしょう」

虎太は応じた。八五郎や甚六に迷惑が掛かったら悪いと思って我慢していたが、本来は虎太だって喧嘩っ早い男なのだ。ここまで言われて引き下がるわけにはいかない。

「伊太蔵さん、表へ出てもらいましょうか」

四

「……まぁ、そういう話でございました」

一膳飯屋古狸の小上がりで、大松長屋での「おりんらしき幽霊」の話を終えた虎太は、聞いてくれた面々へ丁寧に頭を下げた。

「それでは、あっしはこれで」

立ち上がり、手刀を切るような格好で座っている連中の間を通る。そして土間に下りて履物を突っかけ、そのまま戸口へと向かった。

当然だが、これで終わって納得するような者はいない。戸口を潜《くぐ》ろうとしたところで、横から熊のように太くて毛むくじゃらな義一郎の手が伸び、虎太の首根っこを押さえつけた。

「待てこら、肝心の話がまだじゃねぇか。表に出てからどうなったのか、それを話せ」

「いや、あくまでもここは怪談をする店ですから」

「そっちはあまり面白くない話で終わったじゃねぇか。結局、女の幽霊の正体は分からなかったわけだろう。それで飯を無代にしてもらおうなんて虫がよすぎるぜ。代わりに伊太蔵との喧嘩《けんか》の顚末《てんまつ》を教えろ。他のみんなだって聞きたがっているんだ」

虎太は小上がりの方へ目を向けた。治平と佐吉、礼二郎、それにお悌が一斉に頷いているのが見えた。

「……礼二郎さん、蕎麦屋の方はいいんですかい」

「もう昼をだいぶ過ぎているからな。一番客がいない頃合いなんだよ。それにうちのお袋がそっちも見てくれているから心配ない。もし客が訪れたら呼びに来る」

「……佐吉さん、もう腹ごしらえは済んだでしょう。そろそろ仕事に戻った方がよろしいのではありませんかい」

「朝から神田の辺りを回って、それなりに稼いだから今日はもうのんびりだ。虎太の話を聞いてから出るとするよ」

「……お悌ちゃん、菓子屋の方を見に行った方がいいんじゃないのかな。今、そっちには人がいないんだろう」

「誰もいなかったら、こっちか蕎麦屋に声を掛けるでしょう。平気よ」

「でも……」

虎太はきょろきょろと店の中を見回した。座敷の端で、よく見る着流しの二本差しがいつものように不機嫌そうな顔で団子を食っていた。

「あちらのお武家様がお代わりをご所望かもしれないので……」

「いや、もう結構」

最後まで言う前に、当人にあっさりと断られた。

「おい虎太、てめぇ、なるべく人を減らそうとしてやがるな。つまり、伊太蔵との喧嘩に負けたってことか」

「ははは。義一郎さん、冗談はやめてください。この俺が、四十過ぎの男にやられるって、そんな馬鹿な」

「そのわりにはいつもより男前じゃやねぇか」

虎太は右目の周りに青痣《あおあざ》を作り、唇が切れて少し腫れ、左頰には引っ掻《か》かれたような跡を付けている。散々な目に遭ったとしか見えなかった。

「はあ……それでは正直に白状しますと、伊太蔵さんとは引き分けです。これは、騒ぎを聞いて目を覚ました裏店の人たちにやられた傷でして」

どうやら職人など力仕事をしている者が多く住んでいる長屋だったようだ。虎太たちが喧嘩をしていると、そんな者が十人くらい起きてきたのである。虎太も、そして伊太蔵も腕に覚えのある人間だったが、さすがに多勢に無勢だ。しかも男だけでなく、「伊太蔵の面が可愛く見えてくる」かみさん連中まで集まってきたので、虎太はなす術《すべ》もなくやられてしまったのだ。

「なるほど、それなら伊太蔵ってぇ男も今頃はそんな面をしているってわけか」

「あの人は俺ほどじゃないみたいです」

伊太蔵は案外と要領のよい部分を持ち合わせている男のようだった。自分も裏店の住人なので、途中で虎太から離れ、何食わぬ顔で裏店の人々側の輪に加わったのである。

「それなら、やっぱり虎太の負けなんじゃねぇか」

「いや、俺は断じて伊太蔵さんにはやられていません。これだけははっきりさせないと」

「ふうん、まあどうでもいいや。結局は喧嘩の顛末も面白くなかったな」

がっかりしたような声を出し、義一郎は虎太を押さえていた手を離した。今さら店を出ていっても格好が付かないし、そうかと言って座敷へ戻るのも憚られるので、虎太はそのまま戸口のそばに立ち尽くした。

「……改めて大松長屋に現れた幽霊について考えてみるとしようか」

治平が告げて、一同の顔を見回した。みなが頷くのを待って話の続きを始める。

「まず、亀八さんは大松長屋に姿を見せていないようだ。これは引き続いて見張ってもらうよう大家の八五郎さんに頼んであるから、いずれやってくるのを祈るだけじゃ。それから、前回のおそのさんの幽霊がどうなったのか知りたかったが、虎太によるとそちらは確かめられなかったみたいだな。二階の障子が閉まっていたというから仕方がない。そして今回の、行方知れずになったおりんさんが住んでいた、今は空き家になっている家に現れる幽霊だが……何かが出るのは間違いないようだが、正体については分からずじまいじゃ。どうも、おりんさんとは人相が違うらしい」

「おりんさんとは別の幽霊が空き家に棲《す》みついてしまった、ということなのかしら」

お悌がにこにこしながら言った。嬉《うれ》しそうだ。そんな表情で喋る内容ではないのだが、いつものことなので誰も何も言わなかった。

「うむ、そうかもしれんな。怖い話じゃが、それでもおりんさんの幽霊だと分かるよりはましな気がするよ。まだ亡くなったと決まったわけではないからね。どこかで生きているかもしれないという望みが持てる。しかし、そうなるとますます正体が気になるな。飯代は儂が出すから、引き続き虎太に泊まってもらおうか」

「えっ、いや、さすがにそれは勘弁してくだせぇ」

戸口のそばから虎太は文句を言った。

「細面だったおりんさんとはまったく違う、膨《ふく》れたような面をした幽霊でしたからね。少なくともおりんさんではないということだけははっきりしている。もちろんおそのちゃんでも、それからだいぶ前にいなくなった五つの女の子でもない。それなら、もし俺がまたあの幽霊に遭い、今度は顔をはっきり見たとしても、それで正体が分かるとは思えませんぜ」

「ううむ、そうか……それなら大松長屋のこの件は諦めるとするか。亀八さんのことを頼んでいるから、八五郎さんの役に少しでも立ちたいと思っていたのじゃが……」

義一郎と礼二郎が、仕方がないという風に力なく頷いた。

その時、座敷の端にいたあの着流しの二本差しが立ち上がった。履物を突っかけて虎太が佇んでいる戸口の方へ向かってくる。

お帰りのようである。お代は団子を渡した時に引き換えに貰《もら》ってあるから、店の者は見送るだけだ。座っていた礼二郎とお悌が立ち上がって頭を下げる。店の隅に立っていた義一郎も、同様に腰を折った。虎太は古狸の者ではないが、自分のすぐ横をすり抜けて表へ出ていく武家を突っ立って見送るというのも変なので、やはり軽く頭を下げた。

その虎太の脇を通る時、二本差しの男がぼそりと喋った。虎太ははっと顔を上げ、店を出ていく男の背中を見送った。

「あら虎太さん、どうかしたの？」

様子を見ておかしいと感じたらしく、お悌が訊ねてきた。

「いや……あの人、俺の横を通った時に『土左衛門《どざえもん》を見たことはあるか？』と訊いてきたんだ。返事をする前に行っちまったけど」

「ふうん、土左衛門か……虎太さんは見たことがあるの？」

虎太は首を振った。伊勢崎町で修業していた時に、近くの堀に架かっている橋の杭《くい》に死体が引っかかったとかで親方や兄弟子がみんな見物に行ってしまったことがあった。しかしその時、虎太だけは店に残ったままだった。わざわざそんなものを見に行く者の気が知れない。

「あら、あたしはあるわよ。溜池《ためいけ》で溺《おぼ》れ死んだ人がいるって聞いたから見に行ったわ」

「お悌ちゃん……」

「あれはあまり気持ちのいいものじゃないわね。数日経っていたから臭いが酷かったし、それになんだか妙に色が白くて、ぶよぶよと膨らんでて……」

虎太以外の者は、またいつものように可愛らしい顔で気味の悪い話をしているよ、といった風に呆れ顔でそっぽを向いていたが、そこまで聞いたところで一斉にお悌の方を見た。

「あら、みんなようやく気づいたみたいね」

お悌がにこにこしながら周りの者たちを見た。

「え……どういうことだい、お悌ちゃん」

「虎太さんだけはまだ分かっていないのね。もしかしたら、おりんさんは水で死んだのかもしれない、ということよ。虎太さんが見た幽霊は、やはりおりんさんだった。しかし溺れ死んだために、膨らんだ顔で出てきた、ということがあるのではないかと考えているの。おりんさんがいなくなった頃に、どこかで土左衛門が上がらなかったかどうかを調べてみた方がいいんじゃないかしら。ああいうものは川に浮いているのを見つけてもそのまま海まで流してしまうものらしいけど、若い女の人の場合は引き上げることもあると聞いたことがあるわ。もしかしたら死体は上げてもらったけど、身元が分からずに無縁仏としてどこかに葬られているかもしれない」

「あのお武家は、そのつもりで言ったのか。それならはっきりと告げてくれないと駄目だ。それではまったく通じないじゃないか」

「あら、あたしはすぐに分かったけど」

「お、お悌ちゃん……」

相変わらず、この手の話に関する限り、やたらと鋭い。それでいて他のことには無頓着なのが不思議だ。今日も注文の品を間違われてしまった。鴫焼《しぎやき》を頼んだのに、出てきたのは豆腐の田楽《でんがく》だった。もちろん美味かったし、値段も変わらないから構わないのだが、「お悌ちゃん籤」は外れだ。悪いことが起こりそうな気がする。

「……ええと、おりんさんが消えた頃に、どこかで土左衛門が上がっていないか調べるんだったね。それなら俺に任せてよ。もし何か分かったら飯が一食、無代になるってのはどうかな。ねぇ、義一郎さん」

虎太はそう言いながら義一郎の顔を見た。わざわざそんなことを自分から申し出たのは、もっと嫌な役目を押し付けられそうだからである。

「ううん、そうだな。それでいいかも……」

義一郎が言いかけた時、横から治平が「いや、それは虎太じゃなくていい」と口を挟んだ。

「土左衛門の方は儂や義一郎、礼二郎でやるよ。佐吉さんも仕事であちこちを歩くから、ついでに訊いて回ってもらえると助かるが」

佐吉がうむ、と大きく頷いた。

「そうすると、俺は……」

「お前の目なら、天気が良くて月明かりがあれば幽霊の人相がはっきり見えるかもしれない。虎太はやはり、大松長屋へ泊まり込んでくれ」

「ああ、やっぱり……」

ふええ、と虎太は情けない声を出して土間に座り込んだ。それだけは避けたかった。あの幽霊をまた見るのも嫌だが、伊太蔵を始めとする長屋の住人たちと顔を合わせたくない。

「お悌ちゃんに注文を間違われた時から、嫌な感じがしていたんだよな」

「いや、お前はどうあっても運が悪いのだから、注文が正しかったとしても変わらんよ。それより大松長屋のみなさんに迷惑をかけたんじゃから、ちゃんと一軒一軒謝って回るんだぞ」

「それもやっぱりしなくちゃいけませんか」

治平のみならず、他の者たちも一斉に頷いた。虎太は天井を見上げながら、はああ、と大きく溜息をついた。

虎太への贈り物

一

「よぉ、虎太。うちの嬶《かか》ぁが煮物を作りすぎちまったから持ってきたんだよ。不味《まず》くて悪いが貰《もら》ってくれ」

「へえ、ありがとうございます」

「どうだい、ここの住み心地は。そろそろ本気でここへ腰を落ち着けることに決めてもいいんじゃないのかい」

「それはもう少し考えさせていただいて……」

「じゃあ、今度一緒に酒を飲もうな」

「は、はあ……」

虎太は戸惑いながら、去っていく男に頭を下げた。

ここは大松長屋の、北側の通り沿いに建っている表店《おもてだな》の東から二軒目の家である。最初に来た時に入った、元は蠟燭屋《ろうそくや》だった空き家だ。虎太はここ数日、この家と南側の通り沿いにある甚六の家とを行ったり来たりしていた。

もちろん大家の八五郎に事情を話してのことである。独立したばかりの檜物《ひもの》職人で、自分の仕事場を探している、という触れ込みで潜り込んでいる。これは前の時と同じだ。

ただし前回とは違って、この空き家を使っている間の店賃《たなちん》は後から日割りで払うようになってしまった。しかしそれでもかなり安くしてもらっている。結局はそれも治平が出してくれることになっているが、もし自分で払わねばならないとしても構わないと思えるくらいだ。虎太が自分で借りている久松町の九尺二間の裏店《うらだな》とほとんど変わらない店賃なのである。

そしてそちらの部屋には今、友助が転がり込んでいる。自分がいる間の店賃は俺が持つ、と友助が言っているので、虎太としては、しばらくこの大松長屋で過ごしても損はないというわけだ。

いや、むしろこちらにいた方が得である。幽霊に遭わねばならないのは大きな難点だが、それでもあの裏店に男二人で住むよりはましだ。九尺二間というのは畳で言うと六畳分の広さだが、そのうち一畳半は土間に取られる。つまり夜具や手回りの荷物もある四畳半の部屋に男二人が暮らすということになるのだ。これは狭苦しい上にむさ苦しい。

——できればしばらくは今のままでいきたいところだな。友助さんも満足してるし。

幸いなことに、虎太の部屋に移ってからは夜中にいきなりあの「死神の棲《す》む家」で目覚めることはなくなっている。だから友助の方も、虎太の部屋から出たくないようなのだ。

だが、決して虎太の部屋が魔除《まよけ》になっているから、ということではないだろう。多分、お房の幽霊が出た時に虎太が落としてしまった財布を友助の部屋に残してきたからだ。お房はあの財布の持ち主を呼び寄せていたに違いない、というのが義一郎の考えだったが、虎太もそれで合っていると思っている。

それからこれも幸いなことに、あれ以来おりんの幽霊にも、それからおそのの幽霊にも虎太は出遭っていない。昼間はこの蠟燭屋だった空き家にいておそのの家を眺め、夜は甚六の家に行っておりんの家を見張っている。しかし現れないのだ。

おそのの方は、やはり簪《かんざし》を見つけたことで成仏したのかもしれない。しかしおりんの方は分からなかった。治平たちが、おりんが行方知れずになった頃に水死体が上がらなかったか調べているが、まだ見つかってはいない。おりんの幽霊が成仏する理由はないのだ。

あれはおりんの幽霊ではない、ということも考えられるが、それならなおさら、なぜ出てこないのか分からない。何も変わっていないのだから。

――不思議なことだが、この暮らしが続くのなら構わないかな。

虎太は呑気《のんき》にそう思っていた。

不思議なことといえば他にもある。なぜか大松長屋の住人たちに虎太がやたらと人気があることだ。さっきの男がいい例である。あれはここの裏店に住んでいる櫛職人《くし》だが、よくおかずを分けてくれる。他にも駄菓子を持ってくる者や、自分のところの物を洗濯するついでに虎太の着物も洗ってくれようとする婆《ばあ》さんなどがいた。

どうやらこの人気は、虎太が一軒一軒回って迷惑をかけたことを謝ったのが原因らしい。その時の様子がよくて気に入られたようなのだ。

しかし虎太は、自分がどんな風に謝ったのか、まったく覚えていない。頭に残っているのは、とりあえず最初に甚六の家を訪れたことだ。その後で裏店を回るつもりだったが、気が進まなくて甚六の家でうだうだと過ごしてしまった。すると、そんな虎太を見兼ねた甚六が酒を持ってきた。これを飲んで、酔った勢いで謝りに行ってしまえ、ということらしかった。

おりんの幽霊を見張っていた際は小便に行くのが嫌であまり飲まなかった虎太だが、その時は酒の力を借りるためにたらふく飲んだ。そして……後のことは分からない。

ちらりと耳にした話では、二十になる男とは思えないほど大泣きしながら謝り、お詫《わ》びのしるしにとなぜか裸踊りをしたり歌舞伎役者の真似《まね》をしたりしたそうだ。その他にも色々としたらしいのだが、怖くてそれ以上は聞けなかった。とにかく住人たちの態度がよくなったのだからそれでよしとしよう、ということで耳を塞《ふさ》いだのだ。

——残りは伊太蔵さんだけなんだよなぁ。

あの男の元にはまだ謝りに行っていない。腹の底に多少のわだかまりは残しているが、それでも虎太は、伊太蔵にも頭を下げるつもりでいた。ところがあれから姿を見ていないのである。伊太蔵は錺 職《かざりしょく》だから自分の部屋で仕事をしているはずなのに、昼間訪れても必ず留守なのだ。夜に行ってもいない。

長屋の他の住人によると、たまに帰ってきてはいるらしいが、すぐにまた出ていってしまうそうだ。虎太とはすれ違いになっているようで、会えないでいる。

——まぁ、伊太蔵さんの方はいつでもいいよな。

それより幽霊の方だ。どうして出てこないのだろう。

不思議に思いながら、虎太は空き家の二階からおそのの家の窓を眺めた。雨戸が立てられていて中は見えなかった。今日もおそのの幽霊には会えずじまいで終わってしまった。もう日暮れ時なので、おりんの家の見張りへと変えなければならない。

虎太は櫛職人に貰った煮物を持って甚六の家へと移った。煮物を肴《さかな》に、甚六と一緒に酒を飲みながら、おりんの家を眺め始める。

しかし、その夜もまた、おりんらしき幽霊に出遭うことはできなかった。

二

虎太は住まいにしている蠟燭屋だった空き家の二階の窓からおそのの家を眺めている。

今は雨戸が閉まっていない。天気がよいので障子戸も開いており、家の中がよく見えている。簞笥《たんす》など、置かれている物の場所は前に見た時と変わっていない。

人の姿がなかったので、虎太は少しの間、目を空へと転じた。晴れてはいるが、はるか西の方に黒い雲があった。遠くで雷が鳴っている音が耳に入る。もうじき梅雨が明けるのかもしれないな、とふと思った。

この大松長屋に住み着いてから十日目になる。さすがに少し、虎太にも焦りが出始めていた。おそのは成仏してくれたのだろうが、おりんの方もあれからまったく出てこないのは、いったいなぜなのか。この十日間ずっと考えているが分からなかった。

仕事場として相応《ふさわ》しいかどうか試しに住んでいる、という触れ込みなのに、実際は何もしないで窓の外を眺めているだけなので、そろそろ住人たちの中に訝《いぶか》しむ者が出てきそうな気がする。これから先、あまり長くは住み続けられまい。

――八五郎さんには悪いが、このまま何も分からずに出ていくことになりそうだな。

虎太は長屋の南西側にある大家の八五郎の家を見た。申しわけありません、というように頭を下げる。それから目をおそのの家へと戻した。

「うおっ」

思わず声が漏れた。ちょうど目を向けたのと同時くらいに、女がおそのの家の二階に現れたのだ。窓のすぐ左側から出てきたように見えた。一度おそのの家に入っているから分かるが、そこには梯子段《はしごだん》がある。女は一階から上がってきたのだろう。

虎太は横の壁に体を半分隠すようにしながら女の様子を眺めた。年は十七、八といったあたりか。細面で色白、小鼻の脇にやや大きめのほくろがあるのが少しだけ気になるが、それを差し引いてもかなりの別嬪《べっぴん》である。

この前見たのと同じ娘だ。間違いない。おそのの幽霊である。

――成仏していなかったのか……。

幾分がっかりしながら、虎太はおそのの様子をじっくりと見た。顔をやや横に向けている。虎太から見て右の方だ。俯《うつむ》き加減に窓の外を眺めているが、その目付きには刺すような冷たさがあった。

しばらくするとおそのは体の向きを変え、窓の前から消えた。梯子段の方へ行ったので、一階へ下りていったに違いない。

虎太は、ふう、と大きく息を吐き出した。おそのの動きは前回とほとんど同じだった。違う点があるとすれば、現れ、そして消えていった場所だ。簞笥の裏からではなく、梯子段を上り下りした。

それは多分、簪が一階に置かれているからだろう、と虎太は思った。おそのの幽霊が簪に憑《つ》いているのには間違いがなさそうだ。しかし、まだ成仏はできないでいる。

何か未練を残しているからだとは思うが、それはいったい何なのか……と考えながら、虎太は何気なく目を動かした。

裏店の部屋のうちの一つから人が出てくるのが見えた。一番端の部屋だったから建物の陰に隠れずに目に入ったのだ。現れたのは伊太蔵だった。

どうやら今日は家にいたらしい。それならさっさと謝りに行けばよかった。虎太はもう一度おそのの家の二階を眺め、そこに誰もいないことを確かめると、梯子段を下りた。

急いで裏口から表に出て、長屋の路地を覗《のぞ》く。すでに伊太蔵はいなくなっていた。それならと虎太は木戸口を抜け、通りにまで出てみた。左右をきょろきょろと見回したが、伊太蔵の姿はもう、どこにもなかった。


夜になったので虎太は甚六の家へと移り、おりんの家の見張りに入った。

この暮らしももう十日目なので、とうに甚六は飽きていて、遅くまで虎太に付き合うことはなくなっていた。一階に布団を延べ、五つ半くらいになると寝てしまう。そこから先は、虎太は一人だけで二階の窓のそばに座り、真っ暗なだけの外をぼけっと眺めることになる。これは気楽ではあったが、眠くなるのが困りものだった。

——もう夜の四つになる頃かな。

暗闇の中で虎太は両腕を上に伸ばし、大きなあくびをした。九日も何も起こらない夜が続いているので、すっかり気が緩《ゆる》んでいる。虎太はそのまま仰向けに床に寝転び、目を瞑《つぶ》った。ほんの少しの間だけ目を休ませるつもりだ。しかし昨日と一昨日の晩は同じようなことをしてそのまま寝てしまい、気づいたら夜が明けてしまっていた。

今日は眠らないようにしなければな、と虎太は考えつつ、やはりうつらうつらした。

しかしそれはほんの短い間のことだけで、虎太はすぐに体を起こした。外の方から足音が聞こえてきたからだった。裏店の路地を誰かが歩いている。

まだ四つくらいだから、別に訝しむことではなかった。外で飲んで、今頃になって帰ってくる者も結構いるのだ。ただ、かみさんたちの中には安酒とはいえ亭主が外で銭を使ってくるのを面白く思わない者もいて、この後に夫婦喧嘩《げんか》が始まる場合もある。つまらない見張りの中で眠気覚ましになってくれる、虎太の楽しみの一つだ。

誰が帰ってきたのかな、おっかないかみさんを持つ男なら面白いが、とわくわくしながら虎太は外を覗いた。ほとんど真っ暗だ。それに帰ってきた者は建物の間の狭い路地を歩いているので姿を見ることができなかった。しかし足音で場所は分かる。虎太がいる長屋の南側から離れていっているようだ。

裏店の西の方の部屋には割と独り者が多く住んでいる。今夜は夫婦喧嘩もなさそうだな、と少しがっかりしながら耳を澄ます。

戸を開け閉《た》てする音が聞こえてきた。かなり西側に寄った部屋だ。もしかしたら一番端の部屋かもしれない。

そうだとすると、そこは伊太蔵の住む部屋である。虎太は腰を浮かせた。謝りに行こうと考えたからだ。しかし、また元のように腰を下ろした。相手が酔っているかもしれない、と思い直したからだった。

伊太蔵はただでさえ口の悪い男だが、酒が入るとそれが酷《ひど》くなるようだ。あの晩もそんな感じで、こちらに突っかかってきた。今、伊太蔵の元を訪れると、やはり何だかんだと絡まれて、それに虎太も応じてしまい、結局あの時の二の舞になるということが考えられなくもない。謝りに行くなら明日の早朝の方がいい。

虎太は再び大きなあくびをしてから、仰向けに寝転がった。だが、背中が床につくとすぐに起き上がった。体を倒す寸前に、窓の外に明かりが見えた気がしたのだ。

思った通りだった。外を覗いた虎太の目に飛び込んできたのは、あのおりんが住んでいた家の二階の窓にぽわっと点る、頼りない明かりだった。

——久しぶりだ。

やっと出てくれたか、と思いながら虎太は窓枠に手をかけた。待ち構えていたとはいえ、怖いことには変わりがないので、いつでも窓の下に隠れられるような姿勢を取る。そうしながら、空き家の明かりを眺めた。

この前と同じだ。雨戸が閉まっていたはずなのに、なぜか障子戸になっている。今は何の影も映っていないが、このまま待っていれば、女の影がいきなりぽっと出るはずだ。

そう思った途端、それは現れた。まるでこちらの考えが読まれているかのようで気味が悪かった。

障子に映った影は女の横顔だった。虎太から見て左の方を向いている。この前は正面を向いた顔だったから、そこは違う。甚六が初めて見た時のものと多分同じだろう。

——横を向いている時と、正面の時とがあるのは、なぜなんだろうな。

上や下、斜めを見ている時もあるのだろうか、などと考えていると、障子に女の手の影が映り込んだ。やはり前の時と同じように、その手が障子戸の端に添えられる。

ゆっくりと戸が開き始めた。虎太は窓の下へ体を沈ませ、顔の上半分だけを出して障子戸の動きを見守った。

女の顔が現れた。しかし明かりが向こう側にあるので、顔の様子はまったく分からなかった。これもこの前と同じだ。

やはり、少し顔が大きいように思われた。膨《ふく》らんでいるといった感じだ。

女は横を向いたまま微動だにしない。やや俯き加減なのは、おそのの幽霊と似ている。

しばらくすると、女が障子戸を閉め始めた。開ける時はゆっくりだったが、今度は案外と速い動きで、ぴしゃりという閉め方だった。蠟燭の火が吹き消されるように、ふっと空き家の窓の明かりが消える。再び暗闇が広がった。

——ううむ。

虎太は唸《うな》った。自分はあの女が果たしておりんなのかどうかを確かめるためにここにいる。だが、結局は分からなかった。

——この十日間は何だったんだろうな。

役立たず、という言葉が頭に浮かんだ。自分のことでありながら、本当にその通りだな、と頷《うなず》いてしまった。

三

「虎太のやつ、どこへ行ってしまったのかのう」

治平は嘆くような口調で言い、それからお悌が運んできた団子を口に運んだ。

一膳飯屋「古狸」にある小上がりである。義一郎とお悌が加わった三人で、いなくなってしまった虎太の心配をしている。雨が降っているせいか客が来ないので、他に人はいない。

「今日でかれこれ……五日か。さすがに心配じゃな」

大松長屋で十日間を過ごした後、虎太は姿を消していた。五日間、まったく音沙汰《おとさた》なしだ。

「そうですねぇ。お化けが怖くて逃げただけとも考えられるが……」

義一郎が腕組みをしながら、ううんと唸った。

「場所が場所だけにな……」

「そうなのじゃよ」

治平は団子の串を盆に戻すと、義一郎と同じように腕を組んで難しい顔をした。

虎太の前にも何人か、同じように飯を無代《ただ》で食わせると言って幽霊が出る場所へ送り込んだ若者がいたが、そいつらはすぐに古狸に顔を出さなくなった。虎太はこれまでで最も長く続いた男だが、それでもついに我慢ができなくなって、やはり逃げ出してしまった。もし他の場所だったら、そう考えるのだが……。

「あそこは、神隠しの長屋じゃからのう」

このままずっと行方知れずになってしまう、ということも、ないとは言い切れない。

「虎太のやつ、久松町の自分の部屋にも帰っていないのじゃろう？」

「そのようですね。俺と礼二郎で代わる代わる覗きに行っているんだが、昼間は留守で、夜は友助さんがいるだけですよ。その友助さんによると、ずっと帰ってきていないらしい。友助さんにしてみれば十五日も会っていないわけで、かなり心配していましたよ」

「そうじゃろうなぁ。あいつは銭も碌《ろく》に持っていないし……」

友助から借りていないことははっきりしている。他に虎太が現れそうな所で考えられるのは伊勢崎町にある元の修業先くらいだ。念のためということで、今、礼二郎が訊《き》きに行っている。

しかし、虎太がそこへ銭の無心に行くとは思えなかった。治平たちは虎太が修業先を出てきた際の事情を聞いて知っている。虎太は自分から「追い出されて」きたのだ。さすがに意地があるから、銭など借りには行けないだろう。

「それなら、お腹が空けば帰ってくるんじゃないかしら」

治平や義一郎が難しい顔をしているのに、一人お悌だけは呑気《のんき》な顔をしている。

「美味《おい》しいものを用意しておけば、物陰から出てくるんじゃないかしらね」

「お悌ちゃん……野良猫じゃないんだから」

「まったくの無一文というわけでもないでしょう。きっと五日くらいは凌《しの》げると思うわ。でもそれもなくなる頃でしょうから、そろそろ現れると思うのよ。あの虎太さんが、どこかで盗みをするはずもないし」

治平は義一郎と顔を見合わせた。

「確か、二日前の晩に……」

「京橋の方にある小間物屋に盗人《ぬすっと》が入ったって聞きましたね」

昨日、古狸に来た佐吉がそんな話をしていた。ちょうど京橋の方を仕事で回っていたらしい。小間物屋に忍び込み、値の張る簪などを幾つも盗んでいった者がいたという。

「まさか、虎太が……」

治平が呟《つぶや》いた時、がらがらと勢いよく音を立てて表戸が開いた。笠をかぶり、蓑《みの》を身に着けた礼二郎が「参った、参った」と呟きながら店に入ってくる。表はだいぶ雨足が強いようだ。たまに雷が鳴っている音も聞こえる。

お悌が、体を拭《ふ》くものを取りに店の奥に消えていった。それを横目で見ながら、治平は「どうだったね」と礼二郎に訊いた。

「伊勢崎町の修業先に、虎太は現れていたかね」

「いや、まったく来ていないと親方さんが嘆いていましたね。追い出された時の事情が事情だけに虎太のことを心配しているようです。あと少し我慢して修業を続ければ独り立ちできるまでになるのだから意地を張らずに戻ってくればいいのに、と言っていました」

「そうか……そうなるとやはり……」

治平が顔をしかめて義一郎を見ると、この熊のような男はその太い腕で思い切り壁を殴りつけた。

「ちっ、あの馬鹿野郎が。見損なったぜ」

「まったくじゃ。そんな男だとは思わなかった」

治平も座っている座敷の下の畳を、拳《こぶし》で思い切り叩いた。

「おや、どうしたんですかい」

お悌が持ってきた手拭《てぬぐ》いを受け取り、濡れた顔や体を拭き始めた礼二郎が不思議そうな声で言った。

「二人とも随分《ずいぶん》と機嫌が悪そうだ」

「虎太のやつ、盗みに入ったんじゃよ。二日前の、京橋の小間物屋じゃ。そうに違いない」

「あれ、俺がいない間にそんな話になっていたんですかい。そいつはびっくりだ。でもね、治平さん。そいつは違いますよ。伊勢崎町の親方さんの元へは来なかったが、やつは別の者の前に現れていたんです。三日前と言っていたかな」

「ほう、どこだね」

「虎太が修業先を出る原因になった、取引先の若旦那のところですよ」

女の子に悪戯《いたずら》しようとして虎太に見つかり、堀へ放り込まれた馬鹿旦那のことだった。

「もしかしたらと思って親方さんから場所を訊いて訪ねてみたんですけどね。案の定だった。虎太はそいつから銭を借りたようです。まぁ、あまり穏やかな借り方ではなかったみたいですけどね。わずかな銭だが、後々面倒なことにならないよう、俺が立て替えておきましたよ」

「そいつはご苦労だったね」

治平はほっと胸を撫《な》で下ろした。どうやら小間物屋に入った盗人は虎太ではないようだ。それに、神隠しに遭ったわけではないことも分かった。

「しかしそうすると、どうして虎太は儂らの前から姿を消したのじゃろう」

「若旦那が気になることを言っていましたよ。虎太は若旦那から銭を受け取る際、『お前は俺と違って役に立つ男だ』というようなことを言ったらしい」

「ふうむ」

つまり、虎太は自分のことを「役に立たない」男だと考えているのだ。十日も大松長屋に泊まっているのに何の成果も出ないことを気にし、それでいなくなったのだろうか。

「あいつほど役に立つ者はいないのに……」

修業先から追い出されたり、梅雨時で仕事にもあり付けずに空きっ腹を抱えたりなど、このひと月ほどの虎太は、とにかくついてない。幽霊にもあっさり出遭えてしまうという運の悪さだ。しかしそれは、幽霊の出る場所を探している古狸の者にしてみれば、この上なく役に立つ力なのである。

「そうよ、虎太さんはこの古狸に必要な人なのよ。それなのに、義一郎兄さんも礼二郎兄さんも、虎太さんの扱いが酷かったわ。治平さんもね。きっとそれで、虎太さんはここへ来るのが嫌になっちゃったのよ」

珍しくお悌が、少し憤ったような顔になった。

「むむ」

気づいていないだけで、虎太の胸に突き刺さるようなことを一番よく言っていたのはお悌ちゃんだぞ……と治平は思った。しかし虎太へきついことを言ったことがまったくないわけではないので口を噤《つぐ》んでいた。義一郎と礼二郎も同じと見えて、二人とも押し黙っている。

「もし虎太さんが戻ってくることがあったら、その時は優しく迎えてあげましょうよ。励ましてあげたり、いいところを見つけて褒《ほ》めたたえてあげたり。そうだ、いつもお化けが出る場所へ行ってくれている御礼に、何かあげてもいいかもしれないわ。虎太さんが喜ぶような物を探してみようかしら」

お悌の表情がいつもの明るさに戻った。機嫌よさそうな笑みを浮かべながら、店の奥へと消えていく。きっと虎太にあげる物を見つけにいったのだろう。

「……俺と礼二郎は、やはり美味《うま》い物を食わしてやるしかないでしょうけど、治平さんはどうしますか」

義一郎が訊いてきた。

「虎太のやつが喜ぶ物なんて思い付かん。いつもより優しくしてやるのがせいぜいだな。しかし、それにしても虎太は、どこでどうしているのだろうな」

役に立つ男になるために、何かをしようとしている気がする。

――危ないことをしようとしているわけじゃないだろうな。

そう思った時、遠くの方で雷が鳴る音がした。どことなく、嫌な予感がした。虎太のやつ、無理をしなければいいが、と思いながら治平は静かに首を振った。

四

雷と共に強い雨を降らせた雲は、日が沈む頃には江戸の空から去っていった。

今はすっかり晴れ上がり、空には月が出ている。半分より少し欠けた月だったが、夜目の利く虎太にはそれだけでも十分な明かりだ。本所の外れ、押上村《おしあげむら》の田圃《たんぼ》の中を歩いていく男の姿がよく見えていた。

虎太は伊太蔵の後をつけている。この五日間、ずっとそうしていた。伊太蔵をひたすら見張り、どこかの家などに入ったら近くに身を潜めて出てくるのを待った。飯を食うのはその間に素早く済ませたし、眠るのも、そういう時のわずかな間だけだ。たいていはお堂や橋の下で寝た。長く伊太蔵のそばを離れたのは三日前に馬鹿旦那の元へ銭を借りに行った時と、今日の昼間に「あること」を仕掛けた時だけだ。それ以外は、伊太蔵のいる場所のそばに必ずいた。

そうすることで伊太蔵のことがかなり分かった。悪いのは面構えだけではない。この男、かなりの悪党である。

――俺の方も疲れが溜《た》まってきているし、そろそろ始末をつけないとな。

伊太蔵が田圃の中の道を曲がったのが見えたので、虎太は足を速めた。伊太蔵が向かう先には雑木林がある。そこへ紛れると見失うかもしれない。

もっとも、そうなっても平気だった。虎太は伊太蔵の行く先に心当たりがあった。昨日もまったく同じ道を通っていたからだ。

――今日も博奕《ばくち》を打つ気だな。豪勢なものだ。

雑木林を抜けて少し行くと無住の寺がある。そこが賭場になっているのだ。寺の中には悪い仲間がたくさんいるかもしれない。そんな場所で伊太蔵とやり合うのはまずい。賭場に入るのを見届けたら、少し休ませてもらおう。顔を合わせるのは、やつが博奕を終えて賭場を離れてからの方がいい。虎太はそう考えながら道を曲がった。先を歩く伊太蔵が、雑木林に入っていくところだった。月明かりの陰になり、伊太蔵の背中が見えなくなる。

虎太はさらに足を速めた。先に行ったはずの伊太蔵の姿はまだ捉えられない。そのまま雑木林へと足を踏み入れる。

「……よう、檜物職人。ああ、それは嘘だったかな」

「うわっ」

いきなり声をかけられたので虎太は飛び上がった。慌てて声のした方を見ると、木の陰からぬっと伊太蔵が出てきた。

「お前さん……ええと、虎太か。昨夜も俺の後をつけていたな」

「はは、気づいていましたか」

「うむ。昨夜、雑木林を抜ける時にちらりと振り返ったら、こっちに向かってくる者の影が見えたんだ。その時は、きっと俺と同じ場所に向かう男だろうと思い、そのまま賭場へ入った。だが、俺の後からは誰も博奕を打ちに来た者はいなかった。日が暮れてからここを通るのは賭場へ行くやつくらいなものだから、おかしいと思ったんだよ。それで、今日は少し後ろを気にしながら歩いてきたんだ。案の定、つけてくる野郎がいたから、この雑木林に入ってすぐに木陰に隠れさせてもらった。そうしたら虎太、お前が現れたってわけだ」

伊太蔵は喋《しゃべ》りながら、ゆっくりと虎太へ近寄ってきた。

多分、殴るか蹴るか、乱暴なことをしてくるつもりだろうな、と虎太は思った。こんな狭くて暗い場所では動きにくい。虎太はじりじりと後ろに下がった。

「おい虎太、この俺に何の用だ？」

伊太蔵も虎太の動きに合わせてついてくる。二人はそのまま雑木林を出た。

月明かりに照らされて、伊太蔵の顔がくっきり見えた。相変わらずの悪人面だ。

広い場所に出たし、明るくもなった。ここならやり合ってもいいだろう、と考えた虎太は足を止め、笑みを浮かべながら口を開いた。

「おそのちゃんとおりんさんを殺したのは……伊太蔵さん、あんただろ？」

伊太蔵の足も止まった。一瞬の間を置いた後で、「何をいきなり言い出しやがる」と伊太蔵は笑い始めた。

「ははは、こいつは面白いや。おい虎太、そういうことはな、たとえ疑いを持ったとしても口に出しちゃ駄目だ。嫌われ者になるぜ。まぁ、確たる証拠があるというなら別だが……」

虎太は首を振った。そんなものはない。

「ほらみろ。それなら……」

「だが、おそのちゃんもおりんさんも、あんたの方を見ていた」

「ああ？」

「二人が窓からじっと見ていたのは、あんたの部屋だったんだ」

おそのは、虎太の方から見てやや右の方を向いて俯いていた。おりんはその反対に、やや左へ顔を向けていた。二人の家は長屋の南側と北側に建っているので、同じ方を見ているということに虎太は気づいたのである。

その二人の目の先を辿ってみると、ちょうど伊太蔵の部屋の辺りで交わったのだ。

「最初に甚六さんの部屋に泊まった時には、おりんさんの幽霊はまっすぐこちらを見ていた。それはあんたが一緒にいたからだ」

その後で泊まり込んだ十日の間に、なかなか二人の幽霊が現れなかったのは、伊太蔵が長屋にいなかったせいである。あくまでも二人は、伊太蔵そのものを見ていたのだ。

「多分、あんたはおりんさんに言い寄ったんだ。だが袖《そで》にされたので殺した。あるいは、襲おうとして騒がれたからかもしれない。おそのちゃんの方も同じだ。確か、千住大橋に三味線の師匠を見送りに行った帰りにいなくなったんだよな。その途中で運悪くあんたと会っちまったんだろう。恐らくあんたは、送っていこうとか何とか声をかけたんだ。同じ長屋に住んでいる人だから、おそのちゃんは安心してついていってしまった。あんたは人気《ひとけ》のいない場所へとおそのちゃんを導いて……」

「おい、こら、虎太。適当なことを抜かしていると承知しねぇぞ。どれもこれも、てめぇの足りない頭で考えただけの与太話《よたばなし》じゃねぇか。誰がそんなことを信じるんだ。幽霊のことだってそうだ。みんながみんな見るわけじゃないんだぞ。お前が騒いだところで、お役人は洟《はな》も引っかけねぇよ」

「……まあ、そうでしょうねぇ」

虎太は素直に頷いた。襲った云々《うんぬん》は虎太がそう思っているというだけの話だし、幽霊の方だって証拠にはならない。まったく伊太蔵の言う通りである。こんなことで役人は動かない。おそのとおりんの件は、これ以上どうしようもない。

「……ところで伊太蔵さん。あんたは俺が後をつけていることに昨夜気づいたみたいだが、もしその前からだったとしたらどうですか。困ったことにはなりませんか」

「ああ？」

伊太蔵が少したじろぐような様子を見せた。心当たりがあるようだ。

「はっきり言ってしまうと、俺はあんたを五日前からつけていた。もちろん二日前の晩もね。あんた、京橋の辺りをうろついていましたよね」

「……それがどうした」

「京橋の小間物屋に盗人が入ったみたいですよ。昨日の晩、あんたが賭場にいる間に腹を膨らませようと入った飯屋で小耳に挟んだんですけどね。簪のような物がたくさん盗まれたそうだが、何でもそいつは、値の張る物ばかり選んでいったらしい。そう言えばあんたは錺師だ。きっと目が利くんでしょうね」

「お前……俺が小間物屋に忍び込むのを見たとでも言うのか？」

虎太は、今度は首を振った。実は途中で見失ってしまっていたのだ。慌てて伊太蔵の姿を捜したが、土地に詳しくないので、あちこち歩き回っているうちになぜか日本橋の方へ行ってしまった。それで面倒臭くなって、いったん大松長屋の近くまで戻り、伊太蔵が帰ってくるのを待ち構えたのである。

だから虎太は、伊太蔵が小間物屋に盗みに入ったところを見たわけではない。だが、もしそのまま京橋をうろついていたら役人に見咎《みとが》められたかもしれないので、これは幸いだったのだろう。

「でも、証拠ならありますよ」

虎太は着物の袂《たもと》に手を突っ込むと、そこに隠し持っていた物を取り出し、伊太蔵の足元へ放り投げた。

伊太蔵はすぐさまそれを拾い上げた。顔に近づけてまじまじと眺めた後で、驚いたような表情を浮かべて虎太の方を見た。

「この簪をどこで手に入れた」

「知っているでしょう。あんたの部屋からだ。今日の昼間、あんたがいない隙に忍び込ませてもらいました」

「てめぇのやったことは泥棒だぜ。俺は錺師だからな。部屋に簪があっても不思議はない」

「それなら、俺をお役人に突き出してもらいましょうか」

伊太蔵の顔が歪《ゆが》んだ。睨《にら》んだ通り、伊太蔵が小間物屋から盗んだ簪のようだ。

さてどう出るかな、と思いながら伊太蔵が口を開くのを待つ。

「……お前も捕まるんだぜ」

「認めましたね。伊太蔵さんの部屋に盗みに入ったのだから、もちろん俺も捕まります。それは覚悟の上ですよ。でもね、罪はあんたの方が重くなります。それもかなりね。大家の八五郎さんと喋っていた時に、品物を納めていた店が火事になったってあんたは言っていた。それも、実はあんたが忍び込んだ際にしたことなんじゃありませんか。見つかりそうになったので火を付けて、騒ぎになっている隙に逃げたとか。それだけじゃなく、その前から似たようなことをしていたのかもしれない。あんた、恐らく錺師としての腕前は大したことがないな。盗んだ品物を自分が細工した物として別の店に売っていたんじゃありませんか。もちろん、多少は手を加えて分からないようにしたでしょうが」

「また適当なことを……」

「これについては、お役人が調べれば何かしら分かるんじゃありませんかね。手間はかかりますが、伊太蔵さんが納めた品物を探し出し、盗まれた品を作った人に見せてみればいい。まぁ、そううまくいくかは分かりませんが、後のことはお役人がすることだ。さあ、一緒に番屋へ行きましょうか」

虎太は静かに伊太蔵へ目を注いだ。この男が次にどういう手に出るかを考える。逃げる、ということもあり得るが、多分こいつなら殴りかかってくるだろう。

この前の喧嘩の続きだ。できれば思い切りぶちのめしたい。しかし、まだこちらの話には続きがある。伊太蔵を「ある場所」へ行かせねばならないのだ。そのために、うまくあしらう形に持っていかねばならないが……と考えながら虎太は身構えた。

ところが、伊太蔵が見せた動きは思っていたのと少し違った。手にしていた簪を放り投げると、懐に手を突っ込んで匕首《あいくち》を引き抜いたのである。

「えっ、嘘だっ」

「なに驚いてやがる。こうなったらてめぇを殺すしかねぇだろう」

「ちょ、ちょっと待って、伊太蔵さん。刃物を出すなんて……」

場合によっては二、三発殴られる覚悟は決めていた。しかし刺されるのは嫌だ。

「前の時は刃物なんか使ってなかったじゃないか。それは卑怯《ひきよう》だぞ」

「この期《ご》に及んで卑怯も糞もあるか」

伊太蔵は匕首を構えると、腰を低くした。すぐにでも虎太の方へ向かってきそうな気配を見せる。

「ままま、待ってくれ。今あんたが放ったのは多分、盗んだ中では安い簪だろう。俺があんたの部屋から持ち出したのはそれだけじゃない。他に何本もあるんだ。もっと値の張りそうな物がね。もし俺を殺したら、それが見つからなくなるよ。せっかく盗んだのにもったいないだろう。高く売れるだろうに」

伊太蔵の構えが少し緩んだ。

「今、そこに持っているわけじゃないのか」

「俺を刺し殺してからゆっくり探すつもりだったのか。おっかねぇ人だ。でも残念だったたな。簪なら隠してきた」

虎太が今日の昼間に仕掛けた「あること」だ。隠した場所に工夫がある。

「正直に言え。どこに隠したんだ？」

「教えてほしかったら、刃物をどうにかしないと」

虎太が告げると、渋々、といった感じで伊太蔵は懐から鞘《さや》を出した。それに匕首を納める。

だが、まだ手元からは離していない。きっと隠し場所を聞き出した後で虎太を刺すつもりなのだろう。

——まぁ、構わねぇけどな。

本来なら匕首を遠くに放り投げさせるなどしなければ駄目なのだろうが……。

虎太は、簪の在《あ》り処《か》を正直に伊太蔵に告げる気でいた。嘘はつかない。その隠し場所へ伊太蔵を行かせることこそが今晩の目的なのである。

場所を教えたら、虎太は一目散に伊太蔵の元から逃げるつもりでいる。足には自信があるし、それに夜目も自分の方が利くと思う。喋る前に伊太蔵との間合いを少し広げるだけで十分だ。刃物を手放させるまでのことはない。

「それじゃあ教えますよ。伊太蔵さん、あんたの部屋から盗み出した簪は……」

虎太は言いながら、伊太蔵に向かって広げた手の平を突き出した。お前はそこを動くなという合図だ。そうしながら、じりじりと後ろに下がる。

「……お房さんの家にあります」

「ああ？」

「教えられるのはそこまでです」

これが虎太の考えた仕掛けだった。お房の家、つまり死神の棲む家に簪を置いてきて、それを伊太蔵に取りに行かせることだ。そのために、次に遭ったら命を落とすというのに、お房の家に入って簪を置いてきたのである。幸い、昼間だったからか、お房の幽霊が出ることはなかった。

虎太は、お房を殺したのも伊太蔵ではないかと疑っていた。

お房の幽霊は、「いた」というような呻《うめ》き声《ごえ》を上げながら近づいてきた。血を流しながらのことなので、虎太や友助、それに話の中に出てきた梅助などは、それは「痛い」と言っているのだろうと考えた。しかし実は、「伊太」だったのではないだろうか。つまり伊太蔵の名を呼びながら近づいてきたのだ。

それから、虎太がお房の家に置いてきてしまった財布のことがある。友助があの家で目覚めるようになってしまったのは、財布の持ち主を呼び寄せようとしたためではないか、と義一郎は考えていた。事実、あの財布を置いたまま虎太の部屋に移ってきてからは、友助はお房の家で目覚めることはなくなった。だから虎太も、義一郎の考えは正しかったのだと思っていた。

しかし実は財布の持ち主ではなくて、財布の留め金に彫金を施した者を呼び寄せようとしたのではないだろうか。あまりにも粗い作りの飾りを彫った、下手糞《へたくそ》な錺師を。

虎太が伊太蔵を疑っているのは、この二点からである。はっきり言って根拠は薄い。馬鹿馬鹿しい考えだと笑われても仕方がない話だ。だからこそ、虎太は今回の仕掛けを試してみようと思ったのである。

伊太蔵には「お房の家にあります」としか告げない。もし伊太蔵がお房に関わりがなければ、知らないのだから家も分からない。あの三軒長屋には行けないはずだ。

だが、もし行けたとしたら、どうなるか。伊太蔵は「見ない人」だが、それはおその、おりんのような幽霊の場合である。殺した相手を睨むことしかできない弱い幽霊だ。

だが、お房の幽霊はそんな甘いものじゃない。遭ってしまった人の命を取る、とびっきりの悪霊なのだ。恨みが強い。夜中に忍び込んだりしたら、必ず見てしまうに違いない。

　お房の幽霊に、その年の初めに遭った者は一度目で命を落とす。二人目以降は、一度は助かるが二度目で死ぬ。それはお房が大晦日《おおみそか》の晩に殺されたからで、一人目はあまりの恨みの強さに一度で亡くなってしまう。二人目からは少し冷静になって自分の恨みつらみを訴えるだけにする。しかしそれが通らないから、二度目に遭った時に殺してしまう、というのが喜左衛門の考えだった。これが正しければ、もし自分を殺した者に遭ったらお房は年明け二人目以降であっても、一度目で命を取るはずだ。

　つまり、もし伊太蔵がお房を殺した者でなければ、そもそもあの死神の棲む家へは行けずに命が助かり、もし下手人であったら、お房に遭った途端に殺されてしまう。虎太が考えたのは、そういう仕掛けである。

「それでは、俺はこれで」

　虎太はくるりと振り返った。もう伊太蔵には何も教えられない。あとは逃げるだけだ。

　勢いよく走り出す。「あ、待て」という伊太蔵の声が背後でしたが、もちろん待たない。伊太蔵の元から一目散に逃げ、結果を待つという算段だった。

が、ここで虎太の目論見《もくろみ》は狂った。とんでもないしくじりを犯した。まったく間抜けな誤算だった。

日が沈む前まで降っていた雨のせいで、地面がぬかるんでいたのである。虎太はつるりと足を滑らせ、前のめりに転んでしまった。もちろんすぐに立ち上がろうとしたが、慌てたためにまた足を滑らせた。無様に尻餅《しりもち》をつく。

伊太蔵の笑い声が聞こえてきた。すぐ近くまで近づいてきている。

虎太は再び立ち上がろうとした。しかし焦りがあったのでうまくいかなかった。また前のめりに転び、地面にうつ伏せになってしまった。

そこから三度《みたび》起き上がることはできなかった。虎太の背中に伊太蔵が乗ってきたのだ。じたばたともがいたが、がっちり押さえ込まれてしまい、振り払うのは無理だった。

「おいおい、そんなに暴れると変な所を刺しちまって、死ぬまでに苦しい思いをするぜ」

背中の上にいる伊太蔵の、勝ち誇ったような声が聞こえてきた。懐から匕首を抜き出す気配も感じた。

「大人しくしていれば、苦しまずにあの世へ送ってやるよ。うなじの後ろの、盆《ぼん》の窪《くぼ》って所へ刃物を突き刺してやる。それならあっさり逝けるはずだ」

「いや、ちょっと待って、伊太蔵さん、あの、ちょっと」

「あばよ、虎太」

伊太蔵にぐっと頭を押さえつけられた。同時に、伊太蔵が匕首を振り上げたような気配も伝わってきた。もう駄目だ、と虎太はきつく目をつぶった。

甲高い音が辺りに響いた。刃物同士がぶつかり合うような音だった。

急に背中が軽くなった。伊太蔵が虎太の上からどいたのだ。

何事が起こったのかと、虎太は恐る恐る目を開けた。すると伊太蔵だけではなく、その前で刀を構えているもう一人の男の姿が目に飛び込んできた。

伊太蔵がその男に向かって匕首を突き出す。だが男は軽々と躱《かわ》し、伊太蔵の匕首を刀で叩き落とした。

敵《かな》わないと見たのだろう。伊太蔵はくるりと体の向きを変えて走り出した。

相手をしていた男は黙って伊太蔵を見送っている。その代わりに、数人の男がまだ地面に横たわっている虎太の体を飛び越えるようにして駆け抜け、伊太蔵を追っていった。

――何だか知らんが、助かった……。

ふう、と大きく息を吐き出し、それから虎太は体を起こした。

危ないところを救ってくれた男はまだそこにいて、虎太に背を向けて伊太蔵が逃げていった方を眺めていた。

「追っていった連中は俺の配下の者たちでね。なかなか使える人間が揃《そろ》っているんだが、いかんせん足はそんなに速くない。捕まえられればいいが……あっ、転びやがった。あの様子では逃げられちまうかな」

ふん、と鼻で笑い、男は虎太の方を振り返った。

「ところで猫太、お前、怪我《けが》はしていないだろうな」

「ちょ、ちょっと……猫太って……」

虎太は男をまじまじと眺めた。見覚えのある顔だった。

「あっ、あなた様は、よく古狸に来ている……団子侍《ざむらい》」

「誰が団子侍だ。どうやら怪我はなさそうだな。それならさっさと立ち上がれ」

「へ、へい」

虎太は立ち上がり、それから男の姿を改めて見た。いつもむすっとした顔で団子を食っている男に間違いない。しかし、古狸にいる時とは少し格好が違った。袴《はかま》を着けない着流し姿なのは同じだが、いつもは羽織《はおり》も纏《まと》っていないのに、今日は身に着けている。それに刀の他に、別の物も腰に差していた。十手だ。

「あなた様はまさか……町方のお役人様で？」

「うむ。定町廻り同心《じょうまちまわりどうしん》の、千村新兵衛《ちむらしんべえ》だ」

「そ、そんな人がどうして古狸で団子を……」

「そりゃ食いたいからに決まっている。しかし見廻りの途中に寄っているわけだからな。堂々と入るのは気が引ける。それで少し離れた場所で羽織と十手を配下の者に預け、俺は同心なんかじゃありませんよって体《てい》で店に入っているんだ」

「ははあ……」

そんな面倒なことをしてまで団子が食いたいのか。よほどの団子好きだ。それなら呼び方は、団子の旦那でいいな、と虎太は思った。少々言いづらいのが難点だが。

「おい虎太。そういうわけで俺は、古狸の中では同心であることを隠している。お前もそのつもりで気をつけろよ。もしお前のせいでばれることがあったら……」

千村新兵衛は虎太へぐっと顔を近づけてきた。低い声音で囁《ささや》くように言う。

「大松長屋の銹師の部屋に忍び込んで簪を盗んだ件で、お前をしょっ引くからな」

「あ、聞いていましたか」

「もちろんだ。仕事だからな。俺たちはお前なんかよりはるかに、悪人の後をつけるのが得意なんだ。気づかれないように近づくのもな。お前と伊太蔵の話はすべて聞かせてもらった。なかなか面白い手を考えたものだ。伊太蔵がお房と関わりがなかったら死なないし、もし下手人だったら命を落とす。分かりやすいし、面倒がない。実はこちらも伊太蔵のことは前々から疑っていてね。小間物屋への盗みや火付けもそうだし、おそのやおりんが行方知れずになったのにも絡んでいるんじゃないかと思っていた。だがお房の件とのつながりには気づかなかったよ。だからな、もし俺の配下の者たちが伊太蔵を逃がしてしまい、やつがお房の家に行って死んじまったとしても、それについて虎太にとやかく言うつもりはない。伊太蔵の自業自得だ。ただ、困ることも出てくるのでな。できれば捕まってくれた方がいい」

「はあ……困ることとは、いったい？」

「一つは、おそのとおりんの死体の場所だ。伊太蔵が殺したのだと思うが、どこに死体を捨てたのか訊きたい。それで生き返るわけではないが、ちゃんとした弔いをしてやりたいからな」

「あっ、そうか……」

それに頭が回らなかったのはうかつだった。

「二つ目は、多分お前はすっかり忘れていると思うが、あの大松長屋にもう一人、神隠しにあった五つの女の子がいる件だ。それについて伊太蔵が絡んでいないか調べておきたいと思っていたんだよ。まぁ、お前が仙台堀に放り込んだ馬鹿旦那と違って、伊太蔵はそこまで幼い女の子には興味がなさそうだから、違うとは思うが」

「はあ……」

団子を食いながら、虎太たちの話に聞き耳を立てていたのだろうか。しかし、千村がいない時に話していたこともあるような気がするが……。

「古狸ではたまに面白い話が聞けるからな。俺と入れ替わりに配下の者を店にやって、話を聞いてこさせることもあるんだよ。そうじゃない時に話したことまで知っているような気がするかもしれんが、まぁ、あまり気にするな。俺たちは色々と調べるのが仕事なんだ」

「は、はあ……」

町方の役人とは、そういうものなのだろうか。虎太は、この千村新兵衛という男を少し薄気味悪く感じた。

「そんなわけで伊太蔵のやつは別に死んでも構わないのだが、できれば生きていた方がいいかな、と思う……が、無理そうだな」

遠くの方から千村の配下が駆けてくるのが見えた。その中に伊太蔵の姿はなかった。

「取り逃がしたようだ。仕方ない、荒井町の三軒長屋へ行くとするか。たとえそこで伊太蔵が見つかったとしても、その時には死体になっているだろうがね。虎太、お前はついてこなくていいぞ。ずっと伊太蔵の後をつけていて、自分の部屋に戻ったり古狸に顔を出したりしていないようだからな。連中も虎太のことを気にしているみたいだ。今日は久松町の部屋に帰って友助を安心させ、明日は古狸に行って店の者や常連に心配かけたと頭を下げるんだ。何か分かったら俺が伝えてやる。だが忘れるなよ。俺はあの店では同心ではないんだ。他の者に気づかれないようにするんだぞ。それと、久松町に帰る前にどこかで顔を洗え。そんな面で歩いていると、俺の仲間に捕まって番屋へ連れていかれるかもしれないからな」

千村はそう言うと、配下の者たちの方へ歩き出した。虎太はその背中に頭を下げ、それから泥だらけになっている自分の体を見下ろした。

五

虎太は一膳飯屋古狸の小上がりの座敷に座り、飯を掻《か》き込んでいる。

伊太蔵に危うく殺されかけたあの日から数日が過ぎていた。すでに梅雨は明けて、表には夏の暑い日差しが降り注いでいる。

今なら口入れ屋に顔を出せば、日傭取《ひようとり》の仕事はすぐに見つかるだろう。虎太のような若者には手当のよい力仕事が回されるはずだ。秋の長雨が始まるまでの間に、なるべく多く稼いでおくべきである。

しかし、虎太の腰は重かった。この数日、まったく口入れ屋に顔を出していない。なぜなら、そうしなくても無代で美味い飯にあり付けるからだ。

千村新兵衛に言われたので、あの日の翌朝に虎太はさっそく古狸を訪れていた。お悌はともかく、義一郎や礼二郎からは文句や叱言《こごと》を言われるだろうな、と思っていたのだが、驚いたことに二人は優しかった。不気味に感じるほどだった。

それだけでなく虎太は、大松長屋に泊まり込んだ十日分と、その後に古狸に顔を出さなかった間の五日分、足して十五日分も、銭を取らずに飯を食わせてやると言われたのである。さすがにここまでされると気味悪いどころではない。二人は別人に変わっているのではないかとまで疑ってしまった。もちろんそんなことはなかったので、虎太は遠慮なくその申し出を受けた。

優しかったのは治平もだった。大松長屋にいた間の日割りの店賃の支払いはもちろん、礼二郎が立て替えていた馬鹿旦那への借金も、治平が持ってくれたのだ。

久松町の部屋の店賃は友助が払ってくれている。だから虎太は、懐に余裕ができた。そのため力仕事をする気力が失《う》せ、口入れ屋に顔を出さなかったのである。

——しかし、さすがにそろそろ働き出さなきゃ駄目だよな。

虎太はそう思いながら店の中を見回した。昼飯時にかかってきているので、数人の客が座敷に座っている。義一郎は忙しそうだ。虎太の相手をする暇などないように見える。多分、蕎麦屋の方にいる礼二郎も同じだろう。

——まぁ、別にこの二人とは話をしなくてもいいんだけどさ。

それよりお悌ちゃんだ、と虎太は思った。

この数日、お悌とはあまり会えていないのである。菓子屋の方で働いているわけではなく、そちらは母親のお孝に任せて、しょっちゅう出かけているのだ。

幽霊が出る場所や、仕置場などへ行っているのではないという。それならどこへ行っているのかと訊《たず》ねても、いずれ分かると笑うだけで教えてはくれなかった。

虎太がこの店に通っているのは、無代で飯を食うためであるが、お悌に会うためというのもある。その片方が欠けるのは寂しい。どこか物足りない。飯は美味いが味気ない。

――お悌ちゃん、どこで何をしているのかな……。

虎太は店の出入り口の方へ目を向けた。梅雨が明けて天気が良いので、戸板ごと取っ払ってしまっている。そのため通りを歩く人々の姿がよく見えた。

――おや？

名は知らないが、古狸で見かけたことのある男が歩いていく。その男は古狸の前を通り過ぎる時、虎太の方をちらっと見て軽く頷き、それからずんずんと進んで姿が見えなくなった。

虎太は立ち上がった。小上がりを下りて、店の表を見る。

男は少し離れた所にある脇道から顔を出し、こちらを眺めていた。そして虎太と目が合うとまた頷き、脇道へ姿を消した。

千村新兵衛の配下の者らしい、と虎太は思った。自分を呼んでいるのだ。

虎太は男を追いかけて脇道に入った。すると狭い路地の入り口に男はいて、虎太を認めるとすぐに奥へ入っていった。そこは裏長屋へ続く路地だった。

木戸口をくぐって裏長屋に入る。男は長屋の建物の陰にいた。千村新兵衛の姿もある。他にも数名、千村の配下らしき者たちもいた。

虎太が千村と会うのはあの日以来である。助けてもらった礼を改めて述べなければば、と虎太は丁寧に頭を下げた。

「あの時はありがとうございました、千村の団子」

「……何だそれは」

「ああ、間違えました。千村の旦那と言おうとしたんですが、団子の旦那と言い間違えたら失礼だと思いまして、そっちに気を取られていたらなぜか千村の団子になっちまった」

「相変わらず間抜けだな。まあいい。今日は伊太蔵の件がどうなったか教えてやりに来たんだ。お前、まったく知らないだろう。荒井町の三軒長屋を訪れてもいないようだし」

虎太は頷いた。何か分かったら千村が伝えてくれる、という話だったから行かなかったのだ。

この件については治平や古狸一家の者たちにも詳しく話していない。千村の正体に触れずに喋るのは難しそうだからである。だから連中も荒井町には行っていない。そのため、伊太蔵がどうなったのか知らなかった。

「あの後、俺たちは三軒長屋の、昔お房という女が住んでいた空き家を訪れた。その結果は、お前の読み通りだった。伊太蔵の死体が転がっていたよ」

「ああ……」

「手傷を負っている様子はなかった。これまでにあの家で死体になった連中と同じだな。間違いなくお房の幽霊のせいだ」

年明けの一人目じゃないのに死んだ、ということは、やはりお房を殺したのは伊太蔵だったのだろう。

「おそのちゃんとおりんさんの死体は見つからずじまいか……」

「まあ、そうだな。引き続き心当たりを捜すが、うまくいくかは分からん。それから、お前が伊太蔵の部屋から盗み出してお房の家に置いてきた簪だが、それを盗人に入られた京橋の小間物屋の主に見せてみた。思った通り、そこで盗まれた物だったよ」

「伊太蔵が盗人だったこともはっきりしたわけだ。まぁ、今となってはそんなこと、どうでもいい気がしますけどね」

「おそのとおりんの死体のことが気にかかっている様子だな。それは仕方がないと思うぞ。それより、お前の仕掛けで伊太蔵が死んだことで、お房の幽霊は成仏したようだ。そのことを喜んだ方がいい。多分、おそのとおりんの幽霊も消えるんじゃないかな」

「はあ、そうなら嬉しいことですが……本当にお房さんは成仏したんですか」

「俺が使っている目明しに頼んで、そいつの手下を例の家に泊まらせている。もしお房の幽霊が出てきたらとんでもない貧乏籤を引くところだったが、何事もないようだ」

それなら成仏したのだろう。おそのとおりんも、伊太蔵の方をじっと見ていたことを考えると、やつへの恨みのためにこの世に魂魄《こんぱく》が留まっていたと考えて良さそうだ。その伊太蔵が死んだのだから、成仏してくれるに違いない。

「ああ、それとな、虎太。おそのとおりんの家がある大松長屋の話だが……大家の八五郎と少し話をしたんだが、店子が少なくなって困っている様子だった。伊太蔵の部屋も空いたが、それよりおりんの家と蠟燭屋が住んでいた家、それと大家の隣の家と、表店が三つも空き家になっている。そちらは通りから見えるだけに格好が悪い。だから思い切って店賃を下げるつもりだが、それでも店子が来てくれるか分からないと八五郎は嘆いていたよ。そこで、だ。お前の部屋に転がり込んでいる友助を紹介してやったらどうだ。まともに働いている屋根葺《ふ》き職人らしいから表店でも店賃は払えるだろう。安くなるし」

「はあ……」

そうしてくれれば虎太も助かる。狭い部屋に男が二人は窮屈だ。しかも夏になって暑い日が続いている。この上なくむさ苦しかった。

「友助さんに話しておきますよ」

「うむ。それから最後に虎太、お前の話だが……伊勢崎町の店へ戻ったらどうだ。あと少しで修業を終え、御礼奉公に入るというところだったんだろう。さすがにもったいない。今の暮らしを続けていても先が見えないしな」

「いや、でも……」

「俺が親方に無理やり頼み込んで、もう御礼奉公に入れるようにしてやる。そうすれば給金も少しは出るし、外からの通いも許される。そうなると、帰りに古狸に寄ることができるぞ。お悌に会えるというわけだ。これならいいだろう」

「うう……」

虎太が店に戻ろうと思わなかったのは、意地を張っていたからではない。修業中はお悌に会えなくなってしまうからだ。その辺りのことを、この同心は見透かしていたらしい。

虎太は、千村新兵衛に向かって深々と頭を下げた。

「何から何までありがとうございます。こんな俺のために……」

「いや、お前のためじゃない。こちらの都合だ。日傭取りの仕事で無理して体を壊し、お前が古狸に来られなくなってしまったら面白くない。そう考えてのことだ。お前が古狸に通っていると、俺たちにとっても都合のいいことが起こりそうだからな。楽しませてもらうよ」

千村は意地の悪そうな笑みを浮かべると、長屋の木戸口の方へ歩き出した。配下の者たちが後をついていく。

一人残された虎太は、千村新兵衛のことをどこまで信用していいのだろうか、と首を傾げながら見送った。

虎太は古狸に戻った。いつの間にか客は少なくなっていたが、その代わり小上がりの座敷には治平とお悌が座っていた。

「おお虎太、どこに行っていたんだね。お前が来るのを待っていたんだよ」

治平が手招きをする。その横でお悌がにこにこ笑いながら、やはり手を使って虎太を呼ぶような動きをしていた。

虎太の目から治平は消えた。お悌だけを見ながら座敷に上がる。

「お悌ちゃん、俺を待っていたって、どういうことだい」

「近頃、あたしはここを空けていることが多かったでしょう。実はね、虎太さんに何かあげたいと思って、それを見に行っていたのよ」

「お、お悌ちゃん。俺のためにそんな……」

虎太は天にも昇る気持ちになった。本当にちょっと浮いているんじゃないかな、と思わず下を見たが、さすがにそんなことはなかった。

「虎太さんはうちのお父つぁんを見つけるために、お化けが出るような場所を回ってくれたでしょう。それなのに何もしないのは申しわけないと思っているの。だから、遠慮しないで受け取ってね。何を貰ったら虎太さんは嬉《うれ》しいだろうか、とあたしは必死に考えたわ。一生懸命に頭を捻《ひね》って、ようやく思い付いたの。間違いなく気に入るわ。大喜びするわよ」

「ううっ」

虎太は泣きそうになってしまった。格好が悪いので必死に涙をこらえる。お悌がそんなことを考えてくれただけで十分に嬉しい。行方知れずの亀八さんを見つけるその日まで、俺は幽霊が出る場所へ行き続けてやるぞ、と胸に誓った。

「それじゃあ虎太さん。さっそく見てちょうだい。その木箱に入っているから」

お悌は、治平の横に置かれている箱を指差した。お悌しか目に入っていなかったので、そんな物があるなんて虎太はそれまで気づかなかった。治平ですら消えていたくらいだから当然である。

何が入っているのだろう、と胸を躍らせながら、虎太は箱を見つめた。縦横とも二尺くらいの大きさの箱で、上に布が被《かぶ》せてある。日よけだろうか。そうすると、野菜か何かを運んできたのかもしれない。

お悌からの贈り物である。もちろん中身が何であろうと大喜びするつもりだ。たとえ茄子《なす》が一個ころんと入っていただけだったとしても、満面の笑みで小躍りしてみせるぞ、と思いながら虎太は箱の上の布を取った。そして、そっと中を覗き込んだ。

「お、お悌ちゃん、これは……」

茄子よりは大きい。色は全体に白っぽく、所々に茶色が交じっている。毛が生えている。足がある。尾もある。耳も、目も、口もある。

虎太が呆然《ぼうぜん》としていると、箱の中身のそれは上を見上げ、「にゃあ」と鳴いた。

「一生懸命考えているうちに、近所の長屋で少し前に生まれたのを思い出したのよ。これなら虎太さんは喜ぶに違いないと思って連れてきたの。もう乳離れしているから飼うのに苦労はないわよ。それと、虎太さんの住んでいる久松町の長屋の大家さんにも会ってきたわ。猫を飼ってもいいか訊ねたんだけど、どうせぼろぼろの長屋だから好きにしていいっておっしゃってくださったの。だから、その点も心配ないからね」

「い、いや、でもお悌ちゃん、どうして俺が喜ぶと……」

「だって虎太さん、猫が好きでしょう。子供の頃から猫太って呼ばれていたくらいじゃない」

「お、お悌ちゃん……」

なぜかお悌の中では、怖がりだから虎じゃなくて猫だ、というからかいの意味ではなく、猫が好きだから「猫太」と呼ばれていたのだ、となっているようだ。

虎太は戸惑った。猫自体は好きでも嫌いでもないが、からかわれた時のことを思い出すので飼おうなんて思ったことはなかったし、道端で見かけても近づいたことはなかった。

——断ろうかな。でも、お悌ちゃんからの贈り物だし……。

迷った。恐らく、これまで歩んできた人生の中で一番の迷いだ。

飼うべきか、断るべきか。必死で考える。どちらの道を選ぶのが正しいのか。

——ううむ……あっ、そうだ。

一生懸命考えているうちに、虎太の頭に妙案が浮かんだ。この猫に「猫太」と名付ければいいのだ。今でも虎太は「猫太」と呼ばれるたびに胸に小さな痛みを感じていたが、そうすれば少なくともこの猫の名を知っている者からは二度と呼ばれなくなるはずだ。

それにこの猫を飼ったら、様子を見にお悌ちゃんが久松町の長屋に来ることがあるかもしれない。これは断る手はない。

「……お悌ちゃん、ありがとう。大切に育てるよ」

うおっ、と周りから驚きの声が上がった。治平と義一郎だ。こちらは当然、虎太がからかわれて猫太と呼ばれていたことを知っているので、まさか飼うと言い出すとは思っていなかったらしい。

「ああ、思った通りね。虎太さんなら喜んでくれると思ったわ」

お悌は満面の笑みを虎太へ向けた。あまりの可愛さに虎太の頭はぼうっとする。

「じゃあね、忠《ちゅう》ちゃん。いっぱい食べて早く大きくなるのよ」

お悌は次に、箱の中に向かって声をかけた。虎太はうんうんと頷いた。お悌ちゃんがそう言っているんだ、たくさん食べるのだぞ、チュウよ……。

——あ、あれ？

「お悌ちゃん、チュウって……」

「この子のことよ。いい名前でしょう。『忠義』の忠よ。もし猫を飼うことがあったらそう付けようと決めていたの」

「で、でも……」

「乳離れするのがいつか見るために、あたしはこの子が生まれた長屋に通っていたんだけど、その時から忠ちゃんって呼んでいたわ。この子は自分の名が分かるみたいで、呼ぶと返事をするのよ。ねぇ、忠ちゃん」

お悌が箱の中に手を入れながら、子猫の名を呼んだ。すぐに「にゃあ」という鳴き声が返ってきた。

「いや、だけど……猫に忠って……」

鼠《ねずみ》じゃないんだから。

虎太は救いを求めるように治平や義一郎の顔を見た。しかし二人は苦笑いを浮かべるだけだった。助け舟を出す気はないようだ。

「猫に忠って……」

虎太はお悌に向かって再び呟いた。しかしお悌は猫に触るのに夢中で、虎太の声など聞いていなかった。

「……まあ諦《あきら》めろ。こいつは忠で決まりだ」

義一郎から声がかかった。

「それから、これから少しでも暇があったら、俺はお前の部屋に行くからな。ちゃんと片づけておけよ」

「は？　どうして？」

お悌ちゃんが来ると思っていたのに、なぜ義一郎が？

「俺は猫が大好きなんだよ。だけどうちは食い物屋だろう。飼うことができなかったんだ。こいつは半分、うちの猫のようなものだ。だから堂々と可愛がりに行くぜ。多分、毎日行くと思う」

「ええっ」

「何だよ、文句はあるまい」

「いや、だけど……熊に猫って……」

義一郎の丸太のような腕が飛んできた。多分、軽く小突《こづ》いただけのつもりだったのだろうが、それでも虎太の体は壁まで吹っ飛ばされた。

お悌はそんな虎太に目もくれず、にこにこしながら箱の中の猫を可愛がっていた。

治平も同じだ。猫を見ながら目を細めている。

義一郎もすぐに虎太から目を離し、にたにたしながら猫を見つめ始めた。

「熊に猫って……」

呆然としながら、虎太はまた呟いた。誰も聞いてはいなかった。

主な参考文献

『近世風俗志（守貞謾稿）（一）〜（五）』喜田川守貞著　宇佐美英機校訂／岩波文庫
『実見　江戸の暮らし』石川英輔著／講談社
『江戸の食空間　屋台から日本料理へ』大久保洋子著／講談社学術文庫
『江戸食べもの誌』興津要著／河出文庫
『たべもの江戸史』永山久夫著／旺文社文庫
『嘉永・慶応　江戸切絵図』人文社

あとがき

本書は、「怖い話をする」もしくは「幽霊が出たという場所に泊まり込む」と飯が無代《ただ》になるという一膳飯屋《いちぜんめしや》に迷い込んでしまった若者が遭遇する恐怖を描く、「怪談飯屋古狸《ふるだぬき》」シリーズの第一作目であります。

タイトルの通り、怪談です。幽霊が出てくる物語ですので、その手の話が苦手だという方はお気をつけください。

……などと書きますと、これまで他のシリーズなどで輪渡《わたり》作品に触れたことがある方は「何を今さら」とお感じになるかもしれませんが、本作は新シリーズの最初の本ということで、これが初めての輪渡本だという読者様もきっといらっしゃるに違いないと考え、ひと言ご注意申し上げた次第であります。

もし反対にその手の話は大好物だという方がいらっしゃいましたら、輪渡颯介《そうすけ》はそんな物語ばかり書いておりますので、他の本にも興味を持っていただけると幸いです。何卒《なにとぞ》よろしくお願い申し上げます。

……ということで新シリーズでございますが、もしかすると読者の中には、「こういう新しい物語を書き始める時、作者はどんなことを考えているのか。その構想はどうやって生み出されているのか」みたいなことが気になる方もいらっしゃるかもしれません。それに対する私の答えは次の通りです。

「そんなの、知らない方がいいですよ」

はい。以上でございます。少なくとも輪渡颯介に限っては、それを聞いたところで何の足しにもなりません。なぜなら大層《たいそう》なことは何一つ考えていないからです。むしろこれは輪渡の方が他の作家さんに訊《たず》ねてみたい質問でございます。どうなんでしょうかね。何かこう、伝えたいテーマみたいなものがあって、それに沿って設定などを肉付けしていったりするのでしょうか。

悲しいことに輪渡の場合、そういうのは皆無でして。小難しい理屈など頭の中に一切ございません。そりゃ真面目な顔で問われれば、「因果応報」とか、「魂の救済」とか、「若者の挫折《ざせつ》と成長」などと、こちらも神妙な顔でそれらしいことをつらつらと述べることはできますよ。ですがそれらはすべて後付けです。姑息《こそく》な戯言《ざれごと》にすぎませんから、喋《しゃべ》り続けていくとそのうち「猫かわいい」とか「いやいや犬も」みたいな内容に話が逸《そ》れていくに違いありません。

それなら輪渡はどのようなことを考えているのか。こっそりとお教えしましょう。新シリーズの構想を立てる時、私の頭にあるのはただ一点、「怖い話が書きたいなぁ」のみでございます。いや本当に。それしか考えていません。

そうなると大事なのは中心となる舞台です。単独の短編ならともかく、シリーズで書くとなると幽霊を出し続けていかねばならない。ですから「幽霊が出そうな場所」あるいは「その手の話が集まりそうな場所」が必要になります。これまでの輪渡作品ですと「古道具屋」や「長屋」だったのですが、今回はそれが「飯屋」になったというわけです。

あとは、なぜそこに幽霊話が集まるのか、本作でいうと「なぜ怖い話をすると無代になるのか」という理由を考えなければなりません。これについては本編を読んでいただきたい。当たり前ですけどちゃんと理由づけはされています。

さて、そんな感じで「怪談飯屋古狸」の最初の設定が出来上がったのですが、「飯屋」の他に舞台の候補が思いつかなかったわけではございません。江戸時代に人が集まるサロン的な場所としては、湯屋《ゆや》や髪結床《かみゆいどこ》などがあります。その辺りも一応は検討しています。が、あえなく却下になりました。なぜならそれらははっきりと男女で分かれている場所だからです。

私の中に、「輪渡作品、登場する男女比率のバランス悪すぎ問題」というのが存在していまして。男ばかり出てきて、女といえば幽霊か雌猫がほとんど、というのがこれまでの輪渡作品でした。さすがにこれは、少しずつでも是正していくべきなのだろうな、と思うわけでございます。

反対に開き直って、「今後、私の作品の看板娘はすべて雌猫でいく」と決めてしまったらどうだろう、なんてことも思わなくはないのですが、それだと今度は「輪渡作品、ヒロインが『にゃあ』しか言わない問題」が発生してしまいますので、やはり是正する方向でいった方がいいのでしょう。

したがって、登場人物が男ばかりに偏《かたよ》りそうな湯屋や髪結床は却下、看板娘を出しやすい飯屋にしよう、と相成《あいな》ったわけでございました。

読者様の中には、「それならいっそのこと女を主人公にして、女湯を舞台にした話を書けばいいじゃないか」と思った方がいらっしゃるかもしれません。しかしそれは無理です。いくらなんでも輪渡にはハードルが高すぎます。だって女湯の中なんて、霊界以上の魔境じゃないですか（輪渡個人の意見です）。

己《おのれ》の能力を超えた物語は書けません。とにかく新シリーズは飯屋が舞台のお話ということで、何卒ご勘弁を……。

はい。ということで今回のあとがきは、輪渡はどのように新シリーズの構想を練っているのか、みたいな話を書きましたが、いかがでしたでしょうか。何の足しにもならなかったのではないでしょうか。

今回は舞台設定の話だけでした。続きとして「登場人物はどう生み出されているのか」とか、「シリーズ全体ではなく、一冊ごとの話はどうやって考えているのか」などがあるのですが、それはまたの機会に……別に書かなくていいですかね。

それより少し猫の話でもしましょう。このあとがきの執筆中の話です。途中でちょっと中断して近くの集積場までゴミを出しに行ってきたのですが……十メートルほどの間隔を空けて点々と猫が座っていました。

何をやっているんだろう、と不思議に思いましたが、いずれも余所様《よそさま》の家の敷地内にいたので、輪渡は特に何もせずに通り過ぎて集積場へ向かいました。猫たちはまったく私の方を見向きもせず、みな一様に同じ方を向いてじっとしています。

で、家に戻る時に少し近づいて、よく観察してみたのですが……猫たち、みんな目をつぶっていました。

「え？　寝てんの？」「なんで一定の間隔なんだ？」「みんな同じ方を向いているのはどういうわけだ？」などと思いながら輪渡はゴミ出しから戻ってきてパソコンの前に

座り、今現在に至っております。

はい。ということで改めまして、今回のあとがきは「猫かわいい」という話でございました。

新シリーズ「怪談飯屋古狸」、どうぞよろしくお願い申し上げます。

本書は二〇一九年十月に小社より刊行されました。

|著者|輪渡颯介　1972年、東京都生まれ。明治大学卒業。2008年に『掘割で笑う女　浪人左門あやかし指南』で第38回メフィスト賞を受賞し、デビュー。怪談と絡めた時代ミステリーを独特のユーモアを交えて描く。「古道具屋　皆塵堂」シリーズに続いて、「溝猫長屋　祠之怪」シリーズも人気に。本書は「怪談飯屋古狸」シリーズの第1作。他の著書に『ばけたま長屋』『悪霊じいちゃん風雲録』などがある。

怪談飯屋古狸《かいだんめしやふるだぬき》

輪渡颯介《わたりそうすけ》

2022年9月15日第1刷発行

発行者――鈴木章一

発行所――株式会社　講談社

東京都文京区音羽2-12-21　〒112-8001

電話　出版（03）5395-3510

販売（03）5395-5817

業務（03）5395-3615

Printed in Japan

講談社文庫

定価はカバーに
表示してあります

KODANSHA

デザイン―菊地信義

本文データ制作―講談社デジタル製作

印刷―――株式会社KPSプロダクツ

製本―――株式会社国宝社

ISBN978-4-06-528639-5

講談社文庫刊行の辞

二十一世紀の到来を目睫に望みながら、われわれはいま、人類史上かつて例を見ない巨大な転換期をむかえようとしている。

世界も、日本も、激動の予兆に対する期待とおののきを内に蔵して、未知の時代に歩み入ろうとしている。このときにあたり、創業の人野間清治の「ナショナル・エデュケイター」への志を現代に甦らせようと意図して、われわれはここに古今の文芸作品はいうまでもなく、ひろく人文・社会・自然の諸科学から東西の名著を網羅する、新しい綜合文庫の発刊を決意した。

激動の転換期はまた断絶の時代である。われわれは戦後二十五年間の出版文化のありかたへの深い反省をこめて、この断絶の時代にあえて人間的な持続を求めようとする。いたずらに浮薄な商業主義のあだ花を追い求めることなく、長期にわたって良書に生命をあたえようとつとめるところにしか、今後の出版文化の真の繁栄はあり得ないと信じるからである。

同時にわれわれはこの綜合文庫の刊行を通じて、人文・社会・自然の諸科学が、結局人間の学にほかならないことを立証しようと願っている。かつて知識とは、「汝自身を知る」ことにつきていた。現代社会の瑣末な情報の氾濫のなかから、力強い知識の源泉を掘り起し、技術文明のただなかに、生きた人間の姿を復活させること。それこそわれわれの切なる希求である。

われわれは権威に盲従せず、俗流に媚びることなく、渾然一体となって日本の「草の根」をかたちづくる若く新しい世代の人々に、心をこめてこの新しい綜合文庫をおくり届けたい。それは知識の泉であるとともに感受性のふるさとであり、もっとも有機的に組織され、社会に開かれた万人のための大学をめざしている。大方の支援と協力を衷心より切望してやまない。

一九七一年七月

野間省一

講談社文庫 最新刊

神永学
悪魔を殺した男
連続殺人事件の犯人はひとり白い密室にいた
——神永学が送るニューヒーローは、この男だ。

濱嘉之
プライド　警官の宿命
警察人生は「下剋上」があるから面白い！
高卒ノンキャリの屈辱と栄光の物語が始まる。

辻堂魁
山桜花
〈大岡裁き再吟味〉
寺の年若い下男が殺され、山桜の下に埋められた事件を古風十一《さきかぜじゅういち》が追う。〈文庫書下ろし〉

佐々木裕一
姉妹の絆
〈公家武者　信平《のぶひら》(十三)〉
信平、町を創る！　問題だらけの町を、人情あふれる町へと変貌させる、信平の新たな挑戦！

森功
地面師
〈他人の土地を売り飛ばす闇の詐欺集団〉
あの積水ハウスが騙された！　日本中が驚いた巨額詐欺事件の内幕を暴くノンフィクション。

潮谷験
スイッチ
〈悪意の実験〉
そのスイッチ、押しても押さなくても100万円。もし押せば見知らぬ家庭が破滅する。

佐野広実
わたしが消える
認知障碍《しょうがい》を宣告された元刑事が、身元不明者の正体を追うが。**第66回江戸川乱歩賞受賞作。**

高田崇史
QED
〈憂曇華《うどんげ》の時〉
神楽《かぐら》の舞い手を襲う連続殺人。残された血文字が示すのは？　隼人《はやと》の怨霊が事件を揺るがす。

輪渡颯介
怪談飯屋古狸
怖い話をすれば、飯が無代《ただ》になる一膳飯屋古狸。看板娘に惚《ほ》れた怖がり虎太《とらた》が入り浸る!?

講談社文芸文庫

堀江敏幸

子午線を求めて

敬愛する詩人ジャック・レダの文章に導かれて、パリ子午線の痕跡をたどりながら、「私」は街をさまよい歩く。作家としての原点を映し出す、初期傑作散文集。

解説=野崎 歓　年譜=著者

ほF1

978-4-06-516839-4

堀江敏幸

書かれる手

デビュー作となったユルスナール論に始まる思索の軌跡。「本質に触れそうで触れない漸近線への憧憬を失わない書き手」として私淑する作家たちを描く散文集。

解説=朝吹真理子　年譜=著者

ほF2

978-4-06-529091-0

講談社文庫　目録

村上春樹　ノルウェイの森（上）（下）
村上春樹　ダンス・ダンス・ダンス（上）（下）
村上春樹　遠い太鼓
村上春樹　国境の南、太陽の西
村上春樹　やがて哀しき外国語
村上春樹　アンダーグラウンド
村上春樹　スプートニクの恋人
村上春樹　アフターダーク
村上春樹 佐々木マキ絵　羊男のクリスマス
村上春樹 佐々木マキ絵　ふしぎな図書館
村上春樹 糸井重里　夢で会いましょう
村上春樹・文 安西水丸・絵　ふわふわ
U.K.ル＝グウィン 村上春樹訳　空飛び猫
U.K.ル＝グウィン 村上春樹訳　帰ってきた空飛び猫
U.K.ル＝グウィン 村上春樹訳　素晴らしいアレキサンダーと、空飛び猫たち
U.K.ル＝グウィン 村上春樹訳　空を駆けるジェーン
T.ファリッシュ著 B.ルート絵 村上春樹訳　ポテト・スープが大好きな猫
村山由佳　天翔る
睦月影郎　密通妻

睦月影郎　快楽アクアリウム
向井万起男　渡る世間は「数字」だらけ
村田沙耶香　授乳
村田沙耶香　マウス
村田沙耶香　星が吸う水
村田沙耶香　殺人出産
村瀬秀信　気がつけばチェーン店ばかりでメシを食べている
村瀬秀信　それでも気がつけばチェーン店ばかりでメシを食べている
虫眼鏡　東海オンエアの動画が6.4倍楽しくなる本〈虫眼鏡の概要欄 クロニクル〉
森村誠一　悪道
森村誠一　悪道 西国謀反
森村誠一　悪道 御三家の刺客
森村誠一　悪道 五右衛門の復讐
森村誠一　悪道 最後の密命
森村誠一　ねこの証明
毛利恒之　月光の夏
森博嗣　すべてがFになる〈THE PERFECT INSIDER〉
森博嗣　冷たい密室と博士たち〈DOCTORS IN ISOLATED ROOM〉
森博嗣　笑わない数学者〈MATHEMATICAL GOODBYE〉

森博嗣　詩的私的ジャック〈JACK THE POETICAL PRIVATE〉
森博嗣　封印再度〈WHO INSIDE〉
森博嗣　幻惑の死と使途〈ILLUSION ACTS LIKE MAGIC〉
森博嗣　夏のレプリカ〈REPLACEABLE SUMMER〉
森博嗣　今はもうない〈SWITCH BACK〉
森博嗣　数奇にして模型〈NUMERICAL MODELS〉
森博嗣　有限と微小のパン〈THE PERFECT OUTSIDER〉
森博嗣　黒猫の三角〈Delta in the Darkness〉
森博嗣　人形式モナリザ〈Shape of Things Human〉
森博嗣　月は幽咽のデバイス〈The Sound Walks When the Moon Talks〉
森博嗣　夢・出逢い・魔性〈You May Die in My Show〉
森博嗣　魔剣天翔〈Cockpit on knife Edge〉
森博嗣　恋恋蓮歩の演習〈A Sea of Deceits〉
森博嗣　六人の超音波科学者〈Six Supersonic Scientists〉
森博嗣　捩れ屋敷の利鈍〈The Riddle in Torsional Nest〉
森博嗣　朽ちる散る落ちる〈Rot off and Drop away〉
森博嗣　赤緑黒白〈Red Green Black and White〉
森博嗣　四季 春～冬
森博嗣　φ《ファイ》は壊れたね〈PATH CONNECTED φ BROKE〉

森 博嗣 θ《シータ》は遊んでくれたよ 〈ANOTHER PLAYMATE θ〉
森 博嗣 τ《タウ》になるまで待って 〈PLEASE STAY UNTIL τ〉
森 博嗣 ε《イプシロン》に誓って 〈SWEARING ON SOLEMN ε〉
森 博嗣 λ《ラムダ》に歯がない 〈λ HAS NO TEETH〉
森 博嗣 η《イータ》なのに夢のよう 〈DREAMILY IN SPITE OF η〉
森 博嗣 目薬 α《アルファ》で殺菌します 〈DISINFECTANT α FOR THE EYES〉
森 博嗣 ジグβ《ベータ》は神ですか 〈JIG β KNOWS HEAVEN〉
森 博嗣 キウイγ《ガンマ》は時計仕掛け 〈KIWI γ IN CLOCKWORK〉
森 博嗣 χ《カイ》の悲劇 〈THE TRAGEDY OF χ〉
森 博嗣 ψ《プサイ》の悲劇 〈THE TRAGEDY OF ψ〉
森 博嗣 イナイ×イナイ 〈PEEKABOO〉
森 博嗣 キラレ×キラレ 〈CUTTHROAT〉
森 博嗣 タカイ×タカイ 〈CRUCIFIXION〉
森 博嗣 ムカシ×ムカシ 〈REMINISCENCE〉
森 博嗣 サイタ×サイタ 〈EXPLOSIVE〉
森 博嗣 ダマシ×ダマシ 〈SWINDLER〉
森 博嗣 女王の百年密室 〈GOD SAVE THE QUEEN〉
森 博嗣 迷宮百年の睡魔 〈LABYRINTH IN ARM OF MORPHEUS〉
森 博嗣 赤目姫の潮解 〈LADY SCARLET EYES AND HER DELIQUESCENCE〉

森 博嗣 まどろみ消去 〈MISSING UNDER THE MISTLETOE〉
森 博嗣 地球儀のスライス 〈A SLICE OF TERRESTRIAL GLOBE〉
森 博嗣 レタス・フライ 〈Lettuce Fry〉
森 博嗣 僕は秋子に借りがある I'm in Debt to Akiko 〈森博嗣自選短編集〉
森 博嗣 どちらかが魔女 Which is the Witch? 〈森博嗣シリーズ短編集〉
森 博嗣 喜嶋先生の静かな世界 〈The Silent World of Dr.Kishima〉
森 博嗣 そして二人だけになった 〈Until Death Do Us Part〉
森 博嗣 つぶやきのクリーム 〈The cream of the notes〉
森 博嗣 ツンドラモンスーン 〈The cream of the notes 4〉
森 博嗣 つぼみ茸《きのこ》ムース 〈The cream of the notes 5〉
森 博嗣 つぶさにミルフィーユ 〈The cream of the notes 6〉
森 博嗣 月夜のサラサーテ 〈The cream of the notes 7〉
森 博嗣 つんつんブラザーズ 〈The cream of the notes 8〉
森 博嗣 ツベルクリンムーチョ 〈The cream of the notes 9〉
森 博嗣 追懐のコヨーテ 〈The cream of the notes 10〉
森 博嗣 カクレカラクリ 〈An Automaton in Long Sleep〉
森 博嗣 DOG&DOLL
森 博嗣 森には森の風が吹く 〈My wind blows in my forest〉
森 博嗣 アンチ整理術 〈Anti-Organizing Life〉

諸田玲子 森家の討ち入り
森 達也 すべての戦争は自衛から始まる
本谷有希子 腑抜けども、悲しみの愛を見せろ
本谷有希子 江利子と絶対 〈本谷有希子文学大全集〉
本谷有希子 あの子の考えることは変
本谷有希子 嵐のピクニック
本谷有希子 自分を好きになる方法
本谷有希子 異類婚姻譚
本谷有希子 静かに、ねぇ、静かに
茂木健一郎 「赤毛のアン」に学ぶ幸福《しあわせ》になる方法
森林原人 セックス幸福論 〈偏差値78のAV男優が考える〉
桃戸ハル編・著 5分後に意外な結末 〈ベスト・セレクション〉
桃戸ハル編・著 5分後に意外な結末 〈ベスト・セレクション 黒の巻・白の巻〉
桃戸ハル編・著 5分後に意外な結末 〈ベスト・セレクション 心震える赤の巻〉
森 功 高倉健 〈隠し続けた七つの顔と「謎の養女」〉
望月麻衣 京都船岡山アストロロジー
山田風太郎 甲賀忍法帖 〈山田風太郎忍法帖①〉
山田風太郎 伊賀忍法帖 〈山田風太郎忍法帖③〉
山田風太郎 忍法八犬伝 〈山田風太郎忍法帖④〉

講談社文庫　目録

山田風太郎　風来忍法帖〈山田風太郎忍法帖⑪〉
山田風太郎　新装版 戦中派不戦日記
山田正紀　大江戸ミッション・インポッシブル〈顔役を消せ〉
山田正紀　大江戸ミッション・インポッシブル〈幽霊船を奪え〉
山田詠美　晩年の子供
山田詠美　A《エイ》2《トゥ》Z《ズィ》
山田詠美　珠玉の短編
柳家小三治　ま・く・ら
柳家小三治　もひとつ ま・く・ら
柳家小三治　バ・イ・ク
山口雅也　落語魅《ミ》捨《ス》理《テリ》全集〈坊主の愉しみ〉
山本一力　深川黄表紙掛取り帖
山本一力　牡丹酒〈深川黄表紙掛取り帖(二)〉
山本一力　ジョン・マン1 波濤編
山本一力　ジョン・マン2 大洋編
山本一力　ジョン・マン3 望郷編
山本一力　ジョン・マン4 青雲編
山本一力　ジョン・マン5 立志編
椰月美智子　十二歳

椰月美智子　しずかな日々
椰月美智子　ガミガミ女とスーダラ男
椰月美智子　恋愛小説
柳　広司　キング&クイーン
柳　広司　怪談
柳　広司　ナイト&シャドウ
柳　広司　幻影城市
柳　広司　風神雷神(上)(下)
薬丸　岳　闇の底
薬丸　岳　虚夢
薬丸　岳　刑事のまなざし
薬丸　岳　逃走
薬丸　岳　ハードラック
薬丸　岳　その鏡は嘘をつく
薬丸　岳　刑事の約束
薬丸　岳　Aではない君と
薬丸　岳　ガーディアン
薬丸　岳　刑事の怒り
薬丸　岳　天使のナイフ〈新装版〉

山崎ナオコーラ　可愛い世の中
矢月秀作　A《ア》C《ク》T《ト》〈警視庁特別潜入捜査班〉
矢月秀作　A《ア》C《ク》T《ト》2 告発者〈警視庁特別潜入捜査班〉
矢月秀作　A《ア》C《ク》T《ト》3 掠奪〈警視庁特別潜入捜査班〉
矢野　隆　我が名は秀秋
矢野　隆　戦《いくさ》始末
矢野　隆　乱
矢野　隆　長篠の戦い〈戦百景〉
矢野　隆　桶狭間の戦い〈戦百景〉
矢野　隆　関ヶ原の戦い〈戦百景〉
山内マリコ　かわいい結婚
山本周五郎　さぶ〈山本周五郎コレクション〉
山本周五郎　白石城死守〈山本周五郎コレクション〉
山本周五郎　完全版 日本婦道記(上)(下)〈山本周五郎コレクション〉
山本周五郎　戦国武士道物語 死《し》處《しょ》〈山本周五郎コレクション〉
山本周五郎　戦国物語 信長と家康〈山本周五郎コレクション〉
山本周五郎　幕末物語 失蝶記〈山本周五郎コレクション〉
山本周五郎　逃亡記 時代ミステリ傑作選〈山本周五郎コレクション〉
山本周五郎　家族物語 おもかげ抄〈山本周五郎コレクション〉

講談社文庫　目録

2022年6月15日現在